ROMEON
VERLAG

Myteria - Der Weg zur Unterwelt
1. Auflage, erschienen 1-2020

Umschlaggestaltung: Romeon Verlag
Text: Lexi Raven
Layout: Romeon Verlag

ISBN: 978-3-96229-138-9

www.romeon-verlag.de

Bibliografische Information der Deutschen Nationalbibliothek:
Die Deutsche Nationalbibliothek verzeichnet diese Publikation in der Deutschen Nationalbibliografie; detaillierte bibliografische Daten sind im Internet über *http://dnb.dnb.de* abrufbar.

Lexi Raven

Mysteria

Der Weg zur Unterwelt

Inhalt

PROLOG

Es war eine stürmische, wolkenverhangene Nacht. Wind, der stark genug war, um Bäume zu entwurzeln, fegte über die Ländereien. Es regnete, und Blitze zuckten über den sonst so rabenschwarzen Nachthimmel. Keine Menschenseele war draußen unterwegs.

Wer wäre auch so wahnsinnig, sich bei diesem Wetter im Freien aufzuhalten?

Auf den Klippen, an denen sich das kalte tosende Wasser des Meeres brach, stand eine Gestalt. Ihre fragile Statur wurde von einem weißen Umhang umhüllt und die Kapuze fiel ihr tief ins Gesicht. Sie stand wie versteinert da, als könne ihr der Sturm nichts anhaben, und starrte hinauf in die tiefschwarzen Wolken. Es schien fast so, als würde sie auf etwas warten, doch am Himmel zeigte sich keine Regung. Hin und wieder zuckte ein greller Blitz über den Himmel, dicht gefolgt von einem grollenden, markerschütternden Donner. Doch die Gestalt auf der Klippe schien all dies nicht zu stören. Es war, als würde sie all dies nicht wahrnehmen.

Eine Ewigkeit stand sie da wie eine Statue, bis sich etwas tat. Eine Gestalt durchbrach die Wolkendecke und gab den dahinterliegenden Sternenhimmel frei. Anmutig und grazil glitt die geflügelte Kreatur auf die Klippen zu. Als ihre Hufe den Boden berührten, türmten sich die Wellen und klatschten stärker als zuvor gegen die alten, grauen Felsen. Das Geschöpf trat ins Mondlicht, und ein großer, pechschwarzer Hengst war zu erkennen. In seinen fedrigen Flügeln zeichneten sich die Sterne des Nachthimmels ab. Der Hengst schritt auf die Gestalt im Umhang zu, die sich die Kapuze vom Kopf zog. Ihr weißblondes, langes Haar fiel ihr über die Schultern. Sie war eine hochgewachsene Frau mit elfenbeinfarbiger Haut, die im Mondlicht perlmuttweiß schimmerte. Sie war dürr, und durch ihr ovales Gesicht stachen ihre Wangenknochen heraus. Ihre dichten schwarzen Wimpern, die im Kontrast zu ihrer hellen Haut standen, umrandeten ihre eisblauen Augen. „Sei gegrüßt, Pegasos, mein alter Freund." Der Hengst neigte anmutig den Kopf: „Du hast mich rufen lassen, Helena. Was bedrückt dich?" Die Frau schenkte ihrem Gesprächspartner ein müdes Lächeln: „Dieser immer wiederkehrende Albtraum. Immer wieder ist da diese Dunkelheit. Sie schleicht leise und lautlos übers Land. Der Frieden wird nicht ewig währen. Und auch wenn Anubis nun nicht nur die Seelen über die Grenze ins Jenseits bringt, sondern auch die Unterwelt bewacht, so weiß ich nicht …" Pegasos unterbrach ihr wirres Gerede: „Anubis schafft es schon, die Unterwelt zu beherrschen, und das Friedensabkommen schützt nun alle. Du bist eine Heilige!" „Und was ist, wenn ich nicht mehr bin? Wenn sich alles zum Schlechten wendet wie in meinen Visionen?" Ihre Stimme zitterte. Doch das Pferd stupste sie sanft an: „Das wird nicht passieren, und selbst wenn, dann sind Roberto und ich noch da, um dies zu verhindern." „Ich weiß, du hast ja recht …"

Mit einem Mal riss die Wolkendecke erneut auf. Doch diesmal kam kein geflügeltes Pferd. Nein, ein heller Lichtstrahl traf auf den Felsen und tauchte alles in ein goldenes Licht. Sofort durchflutete eine angenehme Wärme den Körper der jungen Frau. Eine Stimme drang zu ihr: „Wenn die Finsternis sich erneut erhebt und der Himmel sich verdunkelt, werden zwei Krieger, geboren zur Zeit des Sternenschauers, auftauchen. Blut des alten Blutes. Sie werden die Stämme vereinen und Licht in die Dunkelheit tragen." Immer wieder hallte der Satz in ihrem Kopf wider. Wie bei einer Schallplatte mit Sprung.

Die Wolken zogen sich wieder zu und die Kälte kam zurück. Die Augen der jungen Frau verdrehten sich, ehe sie bewusstlos zu Boden sank. Der Hengst sah schockiert zu seiner Freundin hinab: „Helena? Helena!" Ihre Augen waren geschlossen und ihre üppigen Locken bedeckten in Wellen den kalten Stein.

Ein Mann, der seine Kapuze tief ins Gesicht gezogen hatte,

kämpfte sich gegen den Wind hinauf auf die Klippen. Sein Blick war starr auf den schwarzen Hengst gerichtet. Dieser hatte ihn nun auch erkannt und sah hilfesuchend zu ihm hinüber: „Roberto! Schnell! Mit Helena stimmt was nicht." Der junge Mann sah in die verängstigten Augen des Hengstes und sprach mit ruhiger Stimme: „Alles gut, Pegasos. Ich bin ja da!" Er ließ sich neben der blonden Frau auf den Boden sinken und strich ihr vorsichtig die Haarsträhnen aus dem Gesicht: „Helena, können Sie mich hören?"

Die Augenlider der Frau begannen zu flattern, ehe sie sich wieder öffneten. Verwirrt blickte sie in zwei graue Augen. „Roberto! Wo … wo bin ich? Autsch!", sie hielt sich ihren schmerzenden Hinterkopf. Pegasos trat auf sie zu und stupste sie sanft an: „Du bist umgefallen, nachdem du in den Himmel gestarrt hast." Plötzlich fiel ihr ihre Vision wieder ein. „Wenn die Finsternis sich erneut erhebt und der Himmel sich verdunkelt, werden zwei Krieger, geboren zur Zeit des Sternenschauers, auftauchen. Blut des alten Blutes. Sie werden die Stämme vereinen und Licht in die Dunkelheit tragen", wiederholte sie die Worte. Der junge Mann sah sie verwirrt an: „Was reden Sie da? Haben Sie sich den Kopf so hart gestoßen?" Doch Helena schüttelte den Kopf, dass er schmerzte, ignorierte sie: „Ich … ich glaube, ich hatte eine Vision. Roberto, Pegasos. Ihr müsst mir eines versprechen." Die beiden sahen sie erwartungsvoll an. Dann sprach sie weiter: „Ihr müsst meine Enkel beschützen. Ich werde eines Tages sterben. Ihr lebt ewig!"

„Versprochen!", sagte Pegasos und Roberto nickte zustimmend. Und was auch immer passieren würde, dieses Versprechen würden sie halten.

1. Kapitel
Nathan

Es war ein warmer Sommermorgen. Die Sonne war bereits aufgegangen und erwärmte die Erde mit ihren Spätsommerstrahlen. Die verschiedensten Vögel sangen ihre Lieder. Und ich? Ich fragte mich, wie man so früh am Morgen schon so übertrieben gut gelaunt sein konnte. Die Sommerferien hatten gestern ihr Ende gefunden, und so ging ich zusammen mit meiner Zwillingsschwester auf dem Weg in die Hölle, die sich Schule nennt. Meine Schwester Harmonia, deren Laune der der Vögel ähnelte, balancierte neben mir auf einer dünnen Mauer und ließ ihre langen, lila Haare hin und her schwingen. Wir waren zwar Zwillinge, doch vollkommen verschieden. Ich hatte weiß gefärbte Haare und grüne Augen, sie hatte ihre blonden Haare lila gefärbt und ihre Augen leuchteten in einem kristallinen Blau. Sie war aufgeweckt und überdreht, ich war eher ruhig und distanziert. Sie war ein Mädchen und ich war ihr Bruder.

Ich grub meine Hände tiefer in den Taschen meiner Lederjacke auf der Suche nach meinem Handy. „Mir graut davor, Carter unter die Augen zu treten, Nathan!“ Seufzend sprang meine Schwester von der Mauer und landete leichtfüßig auf dem Bürgersteig. Bei der Höhe ihrer Absätze verwunderte mich das immer wieder. Beiläufig zuckte ich mit den Schultern: „Was interessiert dich, was dieser Idiot denkt, Nia?! Er weiß eh: Wenn er irgendwas Falsches sagt, mach ich ihn kalt.“ Ich spürte eine Faust, die mich am Oberarm traf: „Rede nicht so von Carter. Ich bin immerhin mit ihm fremdgegangen!“ „Ja, mit einem noch viel größeren Idioten, den du nicht mal kanntest!“ Wieder spürte ich die Faust gegen meinen Arm donnern. „Mann, Nath! Wenn es nach dir geht, ist jeder Typ ein Idiot! Mit wem soll ich denn deiner Meinung nach ausgehen, hm?“ „Wie wäre es, wenn du einfach gar nicht ausgingst?“ Wenn es um meine kleine Schwester ging, verstand ich keinen Spaß. Ich musste sie beschützen, um jeden Preis. Plötzlich wurde sie ernst. Jede Freude war aus ihrem Gesicht gewichen, wie weggewischt. Ich glaubte zu wissen, woran sie dachte, noch bevor sie zum Reden ansetzte. „Du weißt, dass wir uns dieses Jahr beweisen müssen, oder? Der Rat möchte prüfen, ob wir bereit sind. Sobald wir achtzehn werden und als vollwertige Magical zählen …", sie brach den Satz ab. Ich nickte nur. Auch wenn wir in der Dimension der Menschen aufwuchsen, waren uns die Bräuche unserer Welt nicht fremd. Wir kannten die Legenden der Zwillinge und wussten, was man von uns erwartete. Die Letzten ihrer Art. Die letzte Hexe und der letzte Herrscher der Elemente. Schon bei dem Gedanken wurde mir schlecht. Ich gehörte nicht in diese irre Welt voll mit irgendwelchen Fantasiewesen.

Wir erreichten das Schultor. Bevor wir durch das Tor traten, holte ich einen Kaugummi aus Nias Schultasche, was sie augenverdrehend akzeptierte. „Hey Nath! Warte!" Ein hochgewachsener Junge mit nussbraunen Haaren kam auf uns zu und begrüßte uns freundlich. „Luce. Hey, wie geht's?" Ich begrüßte meinen Kumpel. Nia fiel unserem Freund in die Arme und drückte ihn fest an sich. Wenn ich es nicht besser gewusst hätte, hätte ich geglaubt, sie hätten sich jahrelang nicht gesehen. Doch so war Nia: einfach euphorisch. Hinter Luce trat Tim hervor. Und sofort fiel Nia auch dem kleinen Blondschopf um den Hals. „Freut mich auch, dich wieder zu sehen, Nia!", lachte dieser, während meine Schwester ihn beinahe erwürgte. Luce und Tim gehörten neben Nia und mir zu den wenigen Magical in der Stadt, was mir, um ehrlich zu sein, ganz gut passte. Nicht alles, was aus dieser Welt kam, war gut. „Ich habe übrigens im Lehrerzimmer Mäuschen gespielt." Tim holte mich aus meinen Gedanken zurück. Er grinste sichtlich zufrieden. Es war schon recht vorteilhaft, einen Metamorph als Freund zu haben. Luce und Nia horchten ebenfalls auf. „Gibt es etwas Interessantes?"

Tim nickte: „Viel Palaver über Unnötiges, doch etwas habe ich gehört: Es kommt ein neuer Schüler in unseren Jahrgang. Seine

Kurse konnte ich leider nicht mehr herausfinden. Hab' die Verwandlungen immer noch nicht ganz unter Kontrolle und es wäre auffällig, wenn plötzlich anstatt eines Käfers ein Schüler im Lehrerzimmer steht." Wir nickten. Ich stellte mir so eine Verwandlung nicht leicht vor. Für mich war es schon anstrengend genug, zwei Elemente gleichzeitig zu kontrollieren. Das wurde aber von mir erwartet. Ein Magical musste seine Kräfte bis zum achtzehnten Geburtstag beherrschen, denn erst nach der Prüfung konnte man seine ganze Kraft abrufen. Um diese mächtige Energie bändigen zu können, trainierten wir. „Ich gehe schon mal ins Schulgebäude." Nia wandte sich zum Gehen, doch ich hielt sie am Arm zurück. „Kommt nicht in Frage, dass du so rumläufst!" Ich reichte ihr meine Lederjacke. In ihrem kurzen Sommerkleid mit den dünnen Trägern zeigte sie mir einfach zu viel Haut. Sie verdrehte die Augen, nahm meine Jacke und löste ihren Arm aus meiner Umklammerung. Ohne ein weiteres Wort machte sie auf dem Absatz kehrt und marschierte schnaubend in Richtung Schulgebäude.

Tim sah mich an und seufzte: „Ich begleite sie. Und wenn sie Carter begegnet, pass ich auf!" Zufrieden nickte ich: „Sollte er sie dumm anmachen, dann knall ihn in meinem Namen eine!" Und schon folgte Tim ihr. „Kippe?", fragte Luce und hielt mir eine Zigarettenschachtel unter die Nase. Ich nickte und bediente mich. Auf der Hand meines Kumpels erschien eine kleine Flamme, mit der er seine und meine Zigarette anzündete. Es war schon vorteilhaft, einen Elementar des Feuers als Freund zu haben. Besonders, wenn man sein Feuerzeug nicht fand. „Worüber denkst du die ganze Zeit nach, Nath?" Mein Gegenüber musterte mich. „Ist es wegen der Prüfung in drei Monaten?" Genervt verdrehte ich die Augen: „Du nicht auch noch! Reicht doch, dass Nia und meine Eltern nur noch über diesen Scheiß reden! Wir haben in den Ferien dauernd trainiert!" „Du musst deine Eltern auch verstehen. Sie haben schon einen Sohn bei diesem Ritus verloren. Ich will nicht wissen, wie das unsere Welt zerstört, wenn sie ihre Zwillinge auch noch verlieren." Luce hatte ja recht, doch konnte keiner verstehen, dass ich keinen Bock darauf hatte. Um mich zu beruhigen, zog ich an der Kippe und pustete den Rauch in die Luft. „Wir sollten langsam reingehen", setzte Luce an. Er merkte, dass ich nicht über dieses Thema reden wollte. Dafür war ich ihm mehr als dankbar und nickte, um ihm zuzustimmen. Ich drückte die Kippe aus und wir machten uns auf den Weg ins Schulgebäude.

Kaum hatten wir die Schule betreten, stürmte bereits eine wasserstoffblonde Pute auf meinen besten Freund zu. Melissa fiel Luce um den Hals. Er versuchte, sich aus ihren Armen zu winden. „Lucky, du hast mir gefehlt!" Sie klimperte aufreizend mit ihren falschen Wimpern. Luce warf mir einen hilfesuchenden Blick zu, während er ihre Umarmung halbherzig erwiderte. „Ähm, ja, du hast mir auch gefehlt, Melissa." Ich schüttelte genervt den Kopf: „Hab ich mich doch nicht geirrt. Es roch ja schon meilenweit nach deinem billigen Parfüm." „Ach Nathan, Darling. Du hast ja keine Ahnung, wovon du redest!" Melissa warf mir einen Luftkuss zu, ehe sie davonstöckelte. Der halbe Gang hatte dieses Szenario aufmerksam verfolgt, aber keiner sagte etwas. Wir hatten den Respekt auf unserer Seite. Es war erstaunlich, wie viele Leute gerne in unserer Nähe waren. Unsere distanzierte Art zog wohl die meisten magisch an. Trotzdem blieben wir lieber unter uns.

Wir kamen in unseren Klassenraum an und ließen uns auf unsere Stammplätze in der letzten Reihe neben Nia und Tim fallen. „Na, auch schon da?", brummte Nia. Genervt seufzend sah ich zu ihr: „Hey, wir sind zumindest noch pünktlich. Die Olle Meyer ist noch nicht einmal da." Meine Schwester gab nur ein weiteres leises Brummen von sich. Ich ließ meinen Blick durchs Klassenzimmer schweifen, doch der Neue schien nicht hier zu sein. Vielleicht würde er später kommen. Ich schmunzelte. Wäre mir sympathisch. Mein Blick blieb an einem Jungen hängen, der gerade das Klassenzimmer betrat. Die Lippe des Jungen war angeschwollen und sein Auge war blau umrahmt. Es dauerte nicht lange, bis ich ihn als den Ex meiner Schwester identifizierte. Carter setzte sich an seinen üblichen Platz. Meinem Blick wich er dabei aus. Grinsend boxte ich Tim gegen den Arm: „Glanzarbeit, Bro!" Doch Tim schüttelte den Kopf und deutete auf Nia: „Nicht ich, sie. Als er sie billige Bitch genannt hat, wollte ich ausholen, doch sie war schneller. Junge, das hat geknallt, als sie ihn getroffen hat. Musste sie später festhalten, sonst hätte sie ihn vermutlich umgebracht." Ein Lächeln schlich sich auf mein Gesicht. Nia hatte schon immer nicht nur eingesteckt. Vielleicht lag es daran, dass sie unter Jungs aufgewachsen war. Austeilen konnte sie. Aber mir immer sagen, ich solle mich zusammenreißen.

Frau Meyer betrat den Klassenraum und sofort verstummten alle Gespräche. Ich hab mich schon immer gefragt, wie diese alte Schachtel sich so viel Respekt verschaffen konnte. Meine Wenigkeit hatte sie jedenfalls noch nicht beeindruckt, und so lehnte ich mich zurück und legte die Füße auf den Tisch ab. „Nathan. Nehmen Sie bitte die Füße vom Tisch!", herrschte sie mich an. Ich schmunzelte. Sie lernte auch nichts dazu. „Nope", war meine Antwort. Wütend donnerte sie ihre Tasche auf das Lehrerpult und stemmte ihre Hände in ihre bullige Hüfte: „Wollen Sie dieses Jahr etwa wieder mit einem Besuch beim Direktor starten?" Grinsend sah ich in ihr Mopsgesicht: „Man sollte doch Traditionen wahren. Abgesehen davon ist seine Sekretärin verdammt heiß." Ich spürte Nias wütende Blicke auf mir, doch meine Aufmerksamkeit galt nur der alten Meyer. Diese schnappte empört nach Luft: „Nathan Gaisgeachd! Zum Direktor, sofort!" Ich stand auf und ging zur Tür, doch bevor ich den Raum verließ, grinste ich und deutete eine Verbeugung an: „Den Weg kenn ich ja." Während die Tür hinter mir zufiel, hörte ich noch den Applaus meiner Klassenkameraden. Mit einem breiten Grinsen auf dem Gesicht lief ich den Gang entlang.

Gelangweilt saß ich vorm Büro des Direktors. Ich fühlte die

schleimigen Blicke der Sekretärin auf mir. Ich schenkte ihr mein freundlichstes Lächeln, bevor ich mich wieder auf das Display meines Handys konzentrierte. Lächelnd kam sie auf mich zu und reichte mir einen Kaffee: „Hier. Tut mir ja leid, dass du so lange warten musst." Heiß war sie wirklich, doch auch so hohl wie ein Tischtennisball. „Nicht so schlimm", ich grinste. Plötzlich öffnete sich die Bürotür und ein Junge trat heraus. Ich musterte ihn von oben bis unten. Er war etwa in meinem Alter. Turnschuhe, zerrissene Jeans, weißes T-Shirt, locker über die Schulter gehängte Tasche. Braune Haare standen wild in alle Richtungen vom Kopf ab, doch am fesselndsten waren seine dunkelbraunen, fast schwarzen Augen, mit denen er mich ebenso musterte wie ich ihn. Seine Mundwinkel zogen sich nach oben. Warum grinste der so dämlich? „Nathan Gaisgeachd! In mein Büro sofort!" genervt seufzend beendete ich den Blickkontakt und folgte dem Ruf des Direx. Ich spürte die Blicke des Typen noch im Nacken, bis die Bürotür hinter mir zufiel.

„Fangen wir also genau dort an, wo wir letztes Jahr aufgehört haben?" Der alte Mann mit Halbglatze saß hinter seinem alten, vollgeräumten Schreibtisch. Ich versuchte, einen Blick auf die Akte zu erhaschen, die offen vor ihm lag. „Ansonsten würde Ihnen doch etwas fehlen", brummte ich beiläufig. Der Direx seufzte: „Es ist nicht so, dass ich Langeweile hätte, Nathan." Zu meiner Enttäuschung schlug der Direx die Akte zu und verstaute sie in seiner Schublade. Er fuhr fort: „Eine Schule zu führen ist nicht einfach! Und solche Leute wie du machen es einem nicht gerade leichter!" Er führte seinen Monolog weiter, nicht bemerkend, dass ich ihm schon lange nicht mehr folgte. Viel interessanter fand ich den Papierkram auf seinem Tisch. Wonach ich suchte, wusste ich nicht. Vielleicht nach etwas über den Typen, der mir eben entgegengekommen war. Ich hasste es, wenn ich einen nicht kannte. Es war mir lieber, wenn ich wusste, mit wem ich es zu tun hatte. Und wenn er der Typ war, von dem Tim im Lehrerzimmer gehört hatte, erst recht. „Verstanden, Nathan?" Der Direx holte mich zurück ins Hier und Jetzt. Was hatte er noch mal gesagt? „Ja, verstanden." Vermutlich war es das Beste, ihm einfach zuzustimmen. Mein Gegenüber seufzte: „Gut, dann kannst du jetzt gehen." Erleichtert darüber, dass es so schnell zu Ende war, erhob ich mich und verließ sein Büro.

Wir saßen im Schatten des alten Ahorns auf dem Schulhof. Es war die zweite große Pause an diesem Tag, und bisher hatte ich den Typen nicht noch einmal gesehen. Natürlich hatte ich den anderen davon erzählt, nachdem Nia mir eine Standpauke über mein Verhalten gehalten hatte. Sie hasste es, wenn ich das Arschloch spielte. Jetzt gerade lag sie neben mir im Gras und blickte hinauf ins Blätterdach. „An was denkst du, Niechen?" Luce grinste sie an. „An die Worte von Herr Phillips. Er meinte, dass dies ein besonderes Jahr würde. Da er höchstwahrscheinlich nicht weiß, was auf uns Magical zukommt, wird er etwas Schulisches meinen." Ich erinnerte mich an die vielen Papiere auf dem Tisch des Direx: „Nicht unmöglich." Nia sah mich von der Seite an: „Weißt du etwas?" Ich musste lachen: „Du bist doch diejenige von uns, die Visionen von der Zukunft hat." Wie ich es von ihr schon kannte, boxte sie mir gegen den Oberarm. Luce und Tim gluckste. Ja, unsere Geschwisterliebe war schon immer so speziell. „Luce und ich haben gleich Herrn Lunch, oder?" Nia, die meinen Stundenplan mitgeschrieben hatte, nickte: „Ja, dritter Stock, Raum 2. 45." Ich seufzte. Luces Blick verriet mir, dass er sich genauso wenig freute. „Wir sollten dann schon mal los. Du weißt, dass er immer überpünktlich ist und dann die Tür nicht mehr öffnet", brummte er. Ich nickte und erhob mich. Auch Nia und Tim standen auf. „Wir machen uns dann auch mal auf den Weg. Die naturwissenschaftlichen Räume sind am anderen Ende des Geländes", mit diesen Worten stapfte Nia los. Tim zog sie hinter sich her. Luce grinste: „Hach, unser Niechen. Na, dann sollten wir auch mal los." Ich nickte nur und zusammen machten wir uns auf den Weg zum

Unterricht von Herr Lunch. „Wie schätzt du den Neuen ein?", fragte mich Luce, während wir die Treppe hochstiegen. Ich zuckte mit den Schultern: „Kein Plan. Er hatte irgendwas Komisches an sich. Ziemlich muskulös war er. Und du hättest seine Augen sehen sollen. So schwarz wie der Nachthimmel, die haben förmlich gestrahlt." Luce zog fragend die Braue hoch: „Soso, seine Augen haben gestrahlt?" Genervt verdrehte ich die Augen: „Meine Güte, du hast gefragt und ich habe ihn beschrieben. Ansonsten sah er so ziemlich wie ein Normalo aus." Wir kamen vor dem Klassenraum an und Luce seufzte: „Ja okay. Na ja, solange es nicht so ein Idiot ist, ist es mir ja auch echt relativ." Ich nickte, und zusammen betraten wir den Klassenraum.

2. Kapitel
Nia

Der erste Schultag war recht unspektakulär. Schade eigentlich. Wir hatten kaum etwas gelernt und auch keine Hausaufgaben bekommen. Die Jungs, die neben mir die Straße entlanggingen, waren natürlich begeistert. Doch ich nicht! Lernen war das einzige, das mich ablenkte, denn im Gegensatz zu Nathan machte ich mir Gedanken um unsere Aufgabe. Manchmal wünschte ich, mir würde das alles so egal sein wie ihm. Aber leider war dies nicht so. Während er sich lieber auf Partys mit Alkohol und irgendwelchen Tussen vergnügte, grübelte ich. Manchmal hatte ich sogar das Gefühl, meine Sorgen und Gedanken fräßen mich auf. Doch mit wem hätte ich darüber reden können? Ich hatte keine Freundinnen, die von all dem wussten. Meine Mutter sprach nicht gerne über diese Prüfung, immerhin war unser älterer Bruder dabei umgekommen. Und Nathan wurde immer gleich wütend. Luce und Tim hörten zwar zu, aber ich glaube nicht, dass sie mich verstanden. „Niechen? Ist alles gut?" Luce riss mich aus meinen Gedanken. Ich nickte mechanisch. Immer, wenn er mich so nannte, musste ich an Alex denken. Nie bin ich über den Tod meines Bruders hinweggekommen. Es war mittlerweile fünf Jahre her, doch ich würde nie vergessen, wie unsere Eltern heimkamen und uns mitteilten, dass er nie wieder nach Hause kommen würde. Nathan hatte sich seitdem verändert, er war emotionslos. Das einzige Gefühl, das er zeigte, war Gleichgültigkeit. An diesem Tag ist in uns allen etwas zerbrochen.

„Nia?" Nath boxte mir gegen den Arm, „Wo bist du nur mit deinen Gedanken?" Die Antwort würde ihm nicht gefallen. „Ach, ich dachte nur daran, dass ich gar keine Hausaufgaben habe", seufzte ich melodramatisch. Luce kicherte: „So was kann auch nur von Nia kommen!" Tim stimmte mit ein und Nathan nickte bestätigend. Vor unserer Haustür kam mir eine Idee: „Was haltet ihr davon, wenn wir unseren letzten Tag der Freiheit nutzen, um an den See zu fahren? Morgen geht es vermutlich schon richtig los, und dann haben wir wieder wenig Zeit, um uns zu treffen und so etwas zu unternehmen. Abgesehen davon wissen wir nicht, wie lange es noch so schön warm ist.“ Zustimmendes Gemurmel der Jungs, während ich die Haustür aufschloss. „Nia, Nath? Seid Ihr das?“ Dic Stimme unserer Mutter drang aus der Küche und der Geruch von ihrer berühmten Gemüsepfanne stieg mir in die Nase. Kurz schloss ich die Augen. Für den Bruchteil einer Sekunde fühlte ich mich in unsere Kindheit zurückversetzt, als Nath, Alex und ich im Garten spielten und Mum zum Essen rief. Nur für diesen kurzen Augenblick war diese Welt wieder vollständig. Keine Narben des Schmerzes, keine Tränen des Verlustes. Aber nur für wenige Sekunden. „Ja. Wir haben Luce und Tim mitgebracht!“, rief Nath zurück, während er sich an mir vorbei durch die Haustür quetschte. Ich verdrehte die Augen und zog meine Schuhe aus. Luce und Tim folgten mir und Nath in die Küche.

Unsere Mutter stand am Herd und schenkte uns ein müdes Lächeln. Sie sah völlig fertig aus. „Hallo ihr zwei. Wollt ihr mitessen?“ Sie nickten. Mit einer lockeren Handbewegung ließ ich die Teller aus dem Schrank fliegen und sich auf dem Esstisch verteilen. Nathan holte Gabeln aus der Schublade und verteilte sie. Tim und Luce kümmerten sich um die Gläser. „Und wie war die Schule?“, fragte unsere Mutter, als sie die heiße Pfanne vom Herd holte und mit einer Unterlage auf dem Tisch abstellte. Nath warf mir einen warnenden Blick zu. Aber ich dachte gar nicht daran, unserer Mutter von seinem heutigen Besuch beim Direx zu erzählen. Auch Luce und Tim sahen nicht so aus, als ob sie diese Story erzählen wollten. Ich ergriff das Wort: „Oh, ziemlich langweilig. Die Lehrer haben heute noch alles ziemlich locker gehalten.“ Mum nickte und füllte sich etwas aus der Gemüsepfanne auf: „Irgendwas Neues?“ Nath schüttelte den Kopf und begann zu essen. „Wo ist eigentlich Dad?“, fragte ich. „Der ist auf einer Sitzung in unserer Dimension. Luce, ist deine Mutter nicht auch da?" Luce nickte: „Jap. Sie sagte mir, dass das heute länger dauern könne. Die Vampire weigern sich wohl, das Friedensabkommen wieder zu unterschreiben. Laut meiner Mutter stehen die Gerüchte im Raum, dass sie einen Pakt mit den Monstern der Unterwelt schließen wollen." Mein Essen blieb mir im Hals stecken. Bitte was?! „Ich hab mich wohl verhört! Das darf doch nicht wahr sein!" Tims Augen verengten sich zu Schlitzen und seine Pupillen wurden zu denen einer Schlange, wie immer, wenn er sich aufregte.

Mum nickte: „Es stimmt aber, leider. Noch einen Stamm, den wir an die Unterwelt verlieren. Momentan ist es zwar nur Gemunkel, doch das wird immer lauter." „Ich dachte eigentlich, dass die Werwölfe die Nächsten sind", sagte Nath trocken und aß unbeirrt weiter. Das konnte doch alles nicht wahr sein! Und Nath war das alles mal wieder scheißegal! Mir war zum Schreien zumute, doch ich entschied mich lieber für eine weitere Gabel von der Gemüsepfanne. Manchmal hätte ich meinen Bruder erwürgen können. „Nathan", setzte Mum an, „es wird langsam ernst! Es ist kein Spiel mehr. Bald wird Krieg herrschen. Ich dachte, wir hätten noch mehr Zeit, doch ich habe mich geirrt." Nathan nickte, wenn auch widerwillig.

Nach dem Essen gingen Luce und Tim nach Hause, um ihre Badesachen zu holen. Nath und ich gingen in die Garage, wo Naths Motorrad stand. Das war sein ganzer Stolz. Verträumt strich er über den Lenker. Wenn er doch nur zu seinen Mitmenschen so wäre. Ich musste grinsen. „Kommst du endlich, Nia? Wir müssen zu Luce, dort warten die beiden auf uns." Seufzend schwang ich mich hinter ihm auf dieses Teufelsding. Kaum hatte ich meine Arme um ihn gelegt, fuhr er auch schon los. Wir fuhren bei Luce vorbei und machten uns dann auf den Weg zum See, an dem wir die meiste Zeit des Sommers verbrachten. Ich war immer heilfroh, wenn ich von dem Höllenteil wieder runter konnte, so auch dieses Mal. Erleichtert ließ ich mich ins Gras fallen und schloss die Augen. Die Vögel sangen so schön. Welche Vögel es wohl waren? „Du tust immer so, als fürchtest du um dein Leben, wenn du bei mit mitfährst." Nathan beugte sich über mich und schmunzelte. Ich grinste: „Vielleicht ist dem auch so." Mein Bruder zog mich wieder auf die Beine und lachte leise: „Hättest ja auch laufen können. Du fährst doch auch so gerne Fahrrad."

Wir saßen unter der alten Trauerweide am See und schwiegen. Es war ein angenehmes Schweigen, wie es bei uns hin und wieder vorkam. Tief in meine Gedanken versunken sah ich hinauf ins Blätterdach. An solchen Tagen wünschte ich mir, der Sommer würde nie enden. „Nia, kommst du mit schwimmen?" Tim beugte sich über mich und grinste mich an. Ich nickte und stand auf. Luce und Tim rannten schon los und sprangen in den See.

Ich warf einen Blick auf Nath, der sich gerade sein T-Shirt über den Kopf zog. Er war gut gebaut. Kein Wunder, bei dem täglichen Training. Dad zeigte keine Gnade, wenn es um das Training seines letzten Sohnes ging. Vermutlich dachte er, er hätte bei Alex versagt. Doch Alex war mächtig, an Stärke konnte es nicht gelegen haben, dachte ich. „Niechen?" Nath boxte mir gegen den Oberarm. „Wo bist du nur heute mit deinen Gedanken?" Ich zuckte mit den Schultern und stapfte Richtung See: „Komm schon, Nath!" Das ließ er sich nicht zweimal sagen. Ehe ich mich versah, zog er mich mit sich in kühle Wasser des Sees. „Nath!", grummelnd strich ich mir die nassen Haare aus dem Gesicht. Luce und Tim kamen lachend auf uns zu. „Na, Niechen, sind wir etwa nass geworden?" Luce grinste mich an. Ich seufzte übertrieben dramatisch: „Etwas?! Ich bin durchnässt! Schrecklich, dieses Wasser!" Wir schwammen ein paar Runden und alberten herum, bevor wir uns wieder unter die alte Trauerweide setzten. Die Jungs redeten wieder über belanglose Themen, während ich die Blätter beobachtete. Mit einem Mal begann das Bild vor meinen Augen zu verwischen. Die Blätter des Baumes verschmolzen zu einer grünen Einheit und alles begann sich zu drehen. Plötzlich wurde mir schwindelig. Kein Wunder bei den Temperaturen, wenn man nichts trank. Gerade wollte ich aufstehen und mir aus meiner Tasche etwas zu trinken holen, als mir schwarz vor Augen wurde. Meine Beine gaben nach und ich fiel, doch den Aufschlag spürte ich schon nicht mehr. An meinem inneren Auge liefen Bilder vorbei: Ich sah das Schultor, Nath, der sich mit einem mir fremden Jungen unterhielt. Dieser Typ hatte etwas an sich! Diese dunklen Augen fesselten einen. Doch bevor ich ihn genauer betrachten konnte, tauchte ein neues Bild vor mir auf. Es zeigte ein großes massives Tor. An beiden Seiten des Tores waren schaurige Fratzen in die Wand eingelassen. Ich kannte dieses Tor, ich hatte es bereits in Büchern gesehen. Dies war der Eingang zur Unterwelt. Das Tor sprang auf und Fledermäuse flogen auf mich zu. Reflexartig schlug ich um mich, um die Viecher auf Abstand zu halten.

„Nia!" Naths Stimme drang an mein Ohr. Sie klang gedämpft und weit weg. Um mich war alles schwarz. Ich spürte, wie jemand an mir rüttelte. Wo war ich noch gleich? In meinen Gedanken suchte ich nach der Antwort, doch da war nichts. Mit aller Anstrengung öffnete ich meine Augen und sah sogleich in die giftgrünen Augen meines Zwillingsbruders. Ich sah mich um. Stimmt, wir waren am See. Ich hatte eine Vision gehabt. Am helllichten Tag! Luce reichte mir eine Wasserflasche, die ich dankend annahm. Nath ließ mich noch immer nicht los. Vermutlich hatte er Angst, dass es noch nicht vorbei wäre. Alle drei Augenpaare waren auf mich gerichtet. „Was war los, Nia?", sprach Tim aus, was allen auf der Zunge lag. „Ich hatte eine Vision …", mein Blick wanderte zu Nathan, „Ich glaube, der Neue … Ich glaube, er ist ein Magical!" Sofort schüttelte Nath den Kopf: „Unmöglich! Das hätte ich bemerkt!" „Na ja, du hast schon gesagt, dass der Typ, den du vorm Büro des Direx getroffen hast, etwas Komisches an sich hatte", erinnerte ihn Luce. „Ja, aber nicht so komisch!" Nath raufte sich seine weiß gefärbten Haare. „Außerdem habe ich gesagt, dass er aussieht wie ein Normalo." Ich war mir nicht sicher, deshalb wollte ich ihn nicht verunsichern. Ich wusste ja nicht mal, woher dieser Gedanke kam. Selbst wenn der Junge aus meiner Vision der Neue sein sollte, hatte ich kein Zeichen von Magie gesehen. Doch irgendwas in mir schrie, dass ich richtig lag. „Na ja, wir werden es noch früh genug herausfinden." Tim sah Nath beschwichtigend an. Luce beugte sich vor und nahm mir die Wasserflasche wieder ab: „Geht es dir besser?" Ich nickte knapp und lehnte mich gegen Nath, der mich noch immer festhielt. „Wollen wir nach Hause?", fragte Tim, und wir nickten. Gemeinsam packten wir unsere Sachen zusammen und machten uns auf den Weg zu den Motorrädern, die wir oben am Waldweg abgestellt hatten.

Nath sah mich erwartungsvoll an, doch ich stieg hinter Tim aufs Motorrad. „Der rast nicht so wie ihr zwei!", ich kicherte bei Luces und Naths Blicken. Auch Tim stieg mit ein: „Wohl wahr!" Mein Bruder und Luce warfen sich einen verschwörerischen Blick zu und starteten die Motoren. Ehe ich mich versah, waren die beiden schon losgefahren, zurück blieb eine Wolke aufgewirbelten Staubs. „Na, worauf wartest du?" Ich gab Tim einen Klaps gegen den Hinterkopf. Der startete den Motor und folgte den beiden. Ich hasste zwar diese Raserei, doch in einer Staubwolke stehen gelassen zu werden war mies. Tim gab Gas, und wenig später sahen wir schon die anderen beiden wieder. Tim lachte und beschleunigte zum Überholen. Nath würde es nie auf sich sitzen lassen, das Schlusslicht zu bilden. So wurde aus unserer Heimfahrt ein Wettrennen.

Mit quietschenden Reifen kamen Tim und ich bei mir zu Hause zum Stehen, dicht gefolgt von Luce und Nathan. Meine Beine zitterten, als ich vom Motorrad stieg. Wohl fühlte ich mich darauf nie. Die Fläche der Reifen, die die Straße berührte, war nicht größer als eine Streichholzschachtel. Nath schob sein Motorrad in die Garage und kam zu uns zurück: „Sehen wir uns morgen in der Schule?" Luce und Tim nickten. „Will ich ja wohl auch hoffen!", ich verschränkte die Arme vor der

Brust und sah mahnend zu den Jungs. Die lachten. Luce und Tim fuhren von unserem Hof und Nath schloss das Hoftor hinter ihnen. „Was meinst du, ist Dad schon wieder zu Hause?", fragte ich Nath, der hinter mir das Haus betrat. Der zuckte mit den Schultern und ging geradewegs in Richtung seines Zimmers. Das war eindeutig, er wollte nicht reden.

Seufzend schlenderte ich ins Wohnzimmer. Mum saß auf dem Sofa und guckte Nachrichten. „Etwas Interessantes?", fragte ich, als ich mich neben ihr aufs Sofa fallen ließ. Meine Mutter schüttelte den Kopf und wandte ihren Kopf vom Fernseher ab: „Wie war euer Ausflug zum See?" Sie lächelte mich an. Ich war zwar verwundert über den plötzlichen Themenwechsel, sagte aber nichts dazu. „Richtig gut!" Mum nickte und drehte den Kopf in Richtung der Tür zur Abstellkammer. „Dad ist noch nicht zurück?", schlussfolgerte ich. „Es scheint heute eine echt lange Sitzung zu sein", murmelte meine Mutter. Sie wirkte nervös. Normalerweise war unser Vater schon zum Mittagessen zurück. Ich schenkte ihr ein Lächeln: „Es wird schon alles gut gehen. Was soll schon passiert sein? Immerhin herrscht Waffenstillstand." Mum nickte knapp: „Du solltest ins Bett. Morgen ist Schule!" Ich lächelte und verließ das Wohnzimmer. „Nacht, Mum!", rief ich noch, bevor ich die Treppe hinauf und in mein Zimmer ging.

Aus dem Nebenzimmer hörte ich laute Musik. Am liebsten hätte ich Nath daran erinnert, dass er hier nicht allein wohnte, doch auf Stress konnte ich gut verzichten. Ich kannte ihn, auch er machte sich Gedanken um Dad. Doch Schwäche zu zeigen war nicht seine Art. Seufzend zog ich mein Nachthemd an und räumte die Handtücher von heute in die Wäsche. Erschöpft fiel ich in mein Bett. Morgen war Schule und ich musste ausgeruht sein. Es wurde langsam ernst. Das war immerhin das letzte Jahr vor dem Abi. Ich schloss die Augen und fiel in einen traumlosen Schlaf.

3. Kapitel
Nathan

Ein nerviges Geräusch riss mich aus meinem Schlaf. Dieses nervige Geräusch, das ich sechs Wochen nicht gehört hatte. Zielstrebig griff ich nach meinem Wecker, um ihn gegen die Wand zu schmeißen. Doch anstatt das vertraute Knallen und Klirren zu hören, hörte ich nur weiteres Tüten. Immer noch müde setzte ich mich auf. Nia stand da, mit meinem Wecker in der Hand. Sie war bereits angezogen und lächelte verschmitzt: „Nicht so, mein junger Herr." Manchmal hätte ich sie echt erwürgen können. Woher nahm sie nur immer diese euphorisch gute Laune? Ohne Vorwarnung rannte sie auf mein Bett zu und schmiss sich auf mich. „Nia, du Elefant. Geh von mir runter!", gab ich gequält von mir. In voller Länge lag sie auf mir und schmunzelte. Ihre violetten Haare wirbelten herum und ihre blauen Augen funkelten. Meine Schwester lachte ihr herzlichstes Lachen. Wieder einmal fiel mir auf, was Nia für ein Mensch war. Sie hatte kein Leid verdient. Sie war meine Schwester, und solange ich es konnte, würde ihr niemand wehtun. „Aufstehen, Schlafmütze", gut gelaunt klopfte sie mir gegen die Stirn. „Das könnte ich, wenn das Nilpferd von mir runter ginge!" glucksend stand sie auf: „Eben war ich noch ein Elefant, jetzt bin ich ein Nilpferd. Bin ich neuerdings ein Metamorph?" Nia ging zu meinem Kleiderschrank.

Skeptisch beobachtete ich, wie sie begann, darin herumzukramen: „Was wird das, wenn es fertig ist?" Ein Kleiderstück nach dem anderen landete auf dem Boden: „Ich such dir was zum Anziehen." Sie hielt ein weißes T-Shirt in der Hand und musterte es. Wenig später fand auch dieses seinen Weg auf den Boden. Schnell sprang ich auf, bevor sie wirklich den Schrank komplett entleerte. „Ich glaube, das kann ich mit fast achtzehn Jahren gut allein", brummend hob ich die Kleiderstücke wieder auf. Nia zuckte nur mit den Schultern und hielt mir ein schwarzes Oberteil hin. Mit genervtem Blick nahm ich ihr den Klamottenstapel ab und drückte ihr stattdessen die Klamotten in die Arme, die sie eben rücksichtslos auf den Boden geworfen hatte. Während sie meinen Kleiderschrank wieder einzuräumen begann, machte ich mich auf den Weg ins Bad, um mich fertigzumachen. Dann ging ich die Treppe runter in die Küche. Meine Familie saß bereits am Frühstückstisch. Mum und Dad sahen müde aus. Ich setzte mich und fing das Brötchen auf, das mir Nia zuwarf. „Guten Morgen!", brummte mein Vater, der von seiner Zeitung aufsah. Ich nickte und begann zu essen. „Wann bist du gestern Abend heimgekommen?", fragte Nia. Dad seufzte: „Um zwei Uhr heute Morgen." So früh? Gott, ich wäre tot, wenn ich nur fünf Stunden geschlafen hätte. Also noch mehr, als ich es jetzt schon war. „Echt? Was hat euch so lange aufgehalten?" Nia sah interessiert zu unserem Vater. „Die Vampire, sie wollen nicht mehr unterschreiben. Angeblich haben die Dämonen etwas mit dieser Entscheidung zu tun, doch das streiten diese Blutsauger natürlich ab. Ich habe versucht, mit Luna zu reden, doch die wich mir aus und ergriff die erste Gelegenheit, um zu verschwinden."

Bei den Gedanken an Luna musste ich schmunzeln. Eine kleine, temperamentvolle Vampirin mit schönen blutroten Augen, schwarzen langen Haaren und verdammt gut im Bett. Autsch! Ein Tritt gegen das Schienbein holte mich zurück in die Realität. Nia warf mir einen mahnenden Blick zu. Konnte sie jetzt etwa auch Gedanken lesen? „Wir müssen los!" Nia stand auf und half Mum dabei, den Tisch abzuräumen. Mum nickte: „Ja, macht euch auf den Weg. Ich räum' schon ab." Meine Schwester nickte und ich folgte ihr hinaus auf den Flur. Dort zogen wir unsere Schuhe an und machten uns auf den Weg. Kaum hatten wir die Haustür hinter uns zugezogen, kassierte ich auch schon einen Schlag an den Hinterkopf. Nia sah mich wütend an: „Reiß dich doch mal zusammen! Luna ist kein Sexobjekt, du hormongesteuerter Idiot!" Ich lachte: „Können wir jetzt auch Gedanken lesen?" Sie seufzte: „Wenn sie einem so deutlich ins Gesicht geschrieben stehen, dann schon!" Damit war für Nia das Thema durch und sie sprang mit Leichtigkeit auf eine kleine Mauer und balancierte. Lauthals begann sie zu singen, und ich wünschte mir, im Erdboden zu versinken. Natürlich sang sie nicht schlecht, im Gegenteil. Aber wenn sie dies lauthals auf der Straße tat, war es doch dezent peinlich. „Hat sie getrunken?", diese Stimme jagte mir einen kalten Schauer über den Rücken. Wie vom Blitz getroffen wirbelte ich herum.

Der Typ, den mir vor dem Büro des Direx begegnet war, stand hinter mir und lächelte. Ich schüttelte perplex den Kopf, fing mich dann wieder: „Das braucht sie nicht, um sich zu benehmen." Mein Gegenüber lachte und ich konnte seine spitzen perlweißen Eckzähne sehen. Waren die echt so spitz? Quatsch, ich war lediglich übermüdet! Gut gekünstelt erwiderte ich sein Lächeln: „Du bist der Neue, stimmts?" Er nickte: „Stimmt, Jack mein Name." „Freut uns. Ich bin Harmonia, kannst mich aber Nia nennen."

Nia sprang von der Mauer und reichte ihm die Hand. „Und der Möchtegernmacho ist mein Zwillingsbruder Nathan." Der Neue nahm ihre Hand und sah sie an. Dieser Blick gefiel mir ganz und gar nicht. Mein falsches Lächeln verschwand, und skeptisch zog ich eine Braue hoch. „Freut mich, euch kennenzulernen". Er sah mich an. Seine nachtschwarzen Augen bohrten sich in mich wie Pfeilspitzen. Die blasse Haut stand im Kontrast zu seinen dunklen Haaren. Nia musste sich geirrt haben. Der Typ sah vollkommen normal aus. Aber galt das nicht auch für mich? Sahen nicht auch Luce und Tim aus wie Normalos? „Träumt er öfter?" Jacks Stimme riss mich aus meinen Gedanken. Nia feixte: „Hin und wieder!" Genervt verdrehte ich die Augen: „Das sagt ja die Richtige!" Nia boxte mir gegen den Oberarm und stolzierte los. „Geschwister", lachte Jack. Ich stieß einen Seufzer aus: „In Sonderausgabe." „Das bezweifle ich nicht", sein Blick war undefinierbar, und erneut lief mir ein kalter Schauer über den Rücken. „Kommt ihr jetzt oder wollt ihr Wurzeln schlagen?", rief Nia, die schon um die nächste Ecke gebogen war. Ein Grinsen schlich sich auf mein Gesicht, während wir ihr folgten. „Wo warst du vorher auf der Schule?", versuchte ich ein Gespräch anzufangen. „Bin mit vierzehn nach London gezogen und da zur Schule gegangen. Wir sind erst vor vier Wochen wieder zurückgezogen." Ich nickte. Interessiert hatte es mich ja nicht wirklich, doch ich wollte höflich sein. „Und wie alt bist du?", setzte ich erneut zu einem Gespräch an. „Ich? Ich bin neunzehn. Und du?" Er lächelte mich an. Neunzehn schon? Jetzt fühlte ich mich echt jung. Er sah nicht so alt aus. Ich hätte ihn auf höchstens achtzehn geschätzt. „Siebzehn …" Mein Gegenüber lachte: „Für wie alt hältst du mich denn?" Konnte man mir meine Gedanken wirklich so leicht aus dem Gesicht ablesen? Ich schüttelte den Gedanken ab: „Na ja, so alt wie wir halt. So siebzehn oder achtzehn."

Wir kamen vor dem Schultor an. Luce und Tim schienen auf uns zu warten, denn sie standen an unserer Stammecke. Nia rannte los und sprang Luce in die Arme. Der taumelte glucksend zurück und drückte sie an sich. Ich musste schmunzeln, als Nia auch Tim zu zerquetschen drohte. „Wen hast du da mitgebracht?" Luce wackelte anzüglich mit den Augenbrauen. Dieser Idiot! Warnend gab ich ein leises Knurren von mir und warf Luce mörderische Blicke zu. Nia übernahm das Antworten für mich: „Das ist Jack, der neue Schüler. Er ist vollkommen korrekt. Können wir ihn behalten?" Tim grinste: „Nia, so funktioniert das nicht." „Echt ein verrücktes Huhn", Jack schmunzelte. „Willst du mit uns abhängen?", wiederholte Nia ihre Frage. Jack nickte: „Jo, kenn' ja eh noch keinen hier."

Freudig hüpfte Nia auf und ab: „Supi! Mich und Nath kennst du ja schon. Der Große da ist Luce und der daneben ist Timmilein!" „Tim reicht auch", Tim verdrehte die Augen und gab Nia einen Klaps auf den Hinterkopf. Sie wirbelte herum und warf Tim einen gespielt bösen Blick zu. Jack lachte nur: „Freut mich, euch kennenzulernen." Luce boxte mir gegen den Arm und hielt mir eine Kippe hin, die ich dankend annahm, in den Mund steckte und anzündete. Nia seufzte: „Tim und ich gehen schon mal rein. Auf eine Raucherlunge kann ich verzichten. Jack, kommst du mit?“ Der nickte: „Ja.“ Zu dritt verschwanden sie im Schulgebäude. Kaum war die schwere Schultür hinter ihnen zugefallen, drehte sich Luce zu mir: „Was meinst du? Liegt Nia richtig?“ Mit dieser Frage hatte ich gerechnet, doch die Antwort konnte ich ihm leider nicht geben. Er wirkte so normal wie ein durchschnittlicher Schüler. „Ich habe keine Ahnung. Ich hoffe, dass Nia einen Plan hat, das herauszufinden.“ Luce zog eine Augenbraue hoch und sah mich skeptisch an: „Nia? Du überlässt das wirklich deiner Schwester? Normalerweise willst du das doch nicht.“ „Ich will nicht, dass sie sich in Gefahr bringt oder was mit `nem Typen anfängt, aber ein wenig nachhaken ist ja harmlos.“ Mein Gegenüber nickte zögernd. Begeistert sah er nicht aus, doch nach dem Grund fragte ich mich jetzt nicht unbedingt. Nia würde ja wohl aufpassen.

Etwas mulmig war mir aber doch dabei. Ich würde diesen Jack nie mit Nia allein lassen. Meine ausgebrannte Kippe warf ich zu Boden und ging in Richtung Schulgebäude. „Mensch Nath, verdammt! Warte!“ Luce folgte mir und sah mich verwirrt von der Seite an. Wieder versuchte er, meine Gedanken aus meinem Gesicht zu lesen. Doch dies war nicht so einfach. Es lag vermutlich daran, dass ich selbst nicht wusste, was ich dachte oder denken sollte.

Der Vormittag zog sich wie Kaugummi, und umso glücklicher war ich, als es endlich zum Ende der letzten Stunde klingelte. Genervt oder erleichtert packten meine Klassenkameraden ihren Kram zusammen. Tim, der neben mir saß, streckte sich: „Endlich! Ich dachte die wollen uns noch bis heute Abend hier festhalten!“ Ein Schmunzeln stahl sich auf meine Lippen. „Gehen wir? Wir treffen Nia und Luce am Schultor.“ Tim nickte zustimmend und gemeinsam verließen wir den Klassenraum. Am Schultor warteten nicht nur Luce und Nia, auch dieser Jack stand dabei. Fröhlich rannte Nia auf uns zu und fiel mir um den Hals: „Nath.“ „Nia, was zum Teufel ist los?" Irritiert sah ich meine Schwester an. Sie lachte: „Carter. Er hat mich eben wieder beleidigt, und Luce hat ihm richtig eine verpasst. Du solltest sein Gesicht sehen, die Nase ist sicher gebrochen!" Ich warf einen Seitenblick zu Luce. Der drückte sich gerade ein Tuch gegen die Lippe, während Jack ein weiteres Tuch mit Wasser tränkte. „Mir reicht Luces Gesicht vollkommen aus." Das Tuch war bereits blutdurchtränkt. Angewidert beobachte ich, wie das Blut über Luces Hand lief und eine kleine Pfütze auf dem Boden bildete. Nia seufzte: „Okay, er hat leider auch ′nen Schlag kassiert. Nur nicht annähernd so schlimm wie dieser Arsch!" Tim lachte und fing an, in seiner Tasche zu kramen. „Ich weiß ja nicht, was da abging."

Nun ergriff Jack das Wort: „Aber so, wie Luce zugehauen hat, muss es wohl verdient gewesen sein." Ich nickte: „So was von verdient!" Tim hatte gefunden, was er gesucht hatte und reichte Luce ein Pflaster, das er auf die stark blutende Stelle unter seiner Lippe klebte. „Gut, dass ich euch mittlerweile kenne!" Tim grinste und packte seine Tasche wieder ein. Wie recht er hatte. Luce und ich waren keine sonderlich angenehmen Zeitgenossen. Nia gluckste: „Bei Carter hilft kein Pflaster mehr." „Schwesterherz, seit wann so schadenfroh?" Schmunzelnd sah ich auf Nia herab, die wie eine Irre grinste und zu Luce aufsah, als wäre er ein Held. „Der musste zur Krankenschwester." Jack stand neben mir und schmiss das Tuch in den Mülleimer. Ich nickte und sah dann wieder zu Luce. Er hatte die ganze Zeit noch kein Wort gesprochen. Das konnte an der geschwollenen Lippe liegen. „Wollen wir langsam nach Hause?" Nia zupfte an meiner Jacke und sah zu mir hoch. Ich nickte: „Ja. Tim, Luce, wir sehen uns morgen?" Die beiden nickten, und ich wand mich an Jack: „Kommst du mit uns?" Jack schmunzelte, nickte aber. So verabschiedeten wir uns und machten uns auf den Heimweg. Den ganzen Weg über ließ ich Jack nicht aus den Augen. Er unterhielt sich freundlich mit Nia und lachte viel. Doch es wirkte komisch, er war komisch. Ich konnte nicht sagen, was er an sich hatte, doch irgendwas ließ bei mir alle Alarmglocken schrillen. Nia schien von all dem nichts zu bemerken. Sie redete wie ein Wasserfall und zeigte beste Laune. In geringem Abstand folgte ich den beiden, Jack dabei ständig beobachtend. „So, ich muss hier die Straße rein. Sehen wir uns morgen?“ Seine Stimme riss mich aus meinen Gedanken. Ich nickte nur. „Natürlich sehen wir uns morgen!“ Nia ergriff das Wort und lächelte ihn an. Auch Jack lächelte, bevor er ging. Nia und ich setzten unseren Weg fort.

Es war immer noch warm und die Sonne schien gnadenlos auf den Asphalt. Jeder normale Mensch hätte sich drinnen aufgehalten oder wäre ins Freibad gegangen, doch ich musste natürlich mit dem Hund raus. Kaum hatte Nia die Klinke heruntergedrückt und die Tür geöffnet, drückte Mum mir auch schon die Leine in die Hand. Nia schlurfte neben mir, auch sie zeigte wenig Begeisterung. Doch der Dobermann sprang munter vor uns her und schnappte nach Insekten. Erleichterung machte sich in mir breit, als wir endlich den Wald erreichten und vom kühlen Schatten begrüßt wurden. „Was hältst du von Jack?“ Ich sprach die Frage aus, die mir schon länger auf der Zunge lag. Nia sah zu mir auf: „Ich finde ihn nett. Er passt irgendwie zu uns, aber irgendwie ist er komisch.“ Ich seufzte erleichtert. Nia hatte es also auch gemerkt. „Meinst du, er ist ein …?“, mit fragendem Blick sah Nia zu mir auf. Ich wünschte, ich hätte ihr diese Frage beantworten können. „Ich weiß es nicht. Ich habe gehofft, dass du mir das sagen kannst.“

Der Dobermann fing an zu bellen und beendete unsere Konversation. Stolz präsentierte er uns einen Stock, den er gefunden hatte. Nia lachte und beugte sich zu ihm hinunter: „Will der Ares spielen?“ Der Hund ließ den Stock fallen und Nia hob ihn auf. Mit aller Kraft schleuderte sie ihn ins Dickicht, und Ares folgte. Ein Lächeln überflog das Gesicht meiner Schwester, während sie ihm nachsah. Sie liebte diesen Hund. Man konnte ihn auch nur lieben. Ares war ein großer, gut gebauter Dobermann, dessen Ohren leider kupiert waren. Nia hatte ihn vor einem Jahr aus dem Tierheim mitgebracht, wo sie in den Ferien gejobbt hatte. Der Arme war damals noch ein Welpe und kam aus einem Partnertierheim in Polen. Am Anfang konnte ich nicht verstehen, was sie an ihm fand. Immer knurrte er, und eine Zeit lang ließ er sich nicht einmal anfassen. Als ich ihn gerade mal wieder aus dem Haus werfen wollte, erzählte mir Nia seine Geschichte und ich bekam tatsächlich Mitleid. Mittlerweile gehörte die Töle zur Familie. „Nath, wollen wir zurück?“ Nia wedelte mit ihrer Hand vor meinem Gesicht herum. Ich nickte, und gemeinsam machten wir uns auf den Rückweg. Wir sprachen den ganzen Weg über kein Wort. Wie sehr ich auch versuchte, an etwas anderes zu denken, meine Gedanken landeten immer wieder bei Jack. Irgendetwas war komisch. Ich spürte es bis ins Knochenmark, und doch konnte ich nicht sagen, was es war. Doch ich war um einiges erleichtert, dass es Nia nicht anders ging. Auch sie hatte gemerkt, dass etwas nicht stimmte. Nur leider konnte auch sie nicht sagen, was es war.

Mein Seufzen ließ Nia zu mir aufsehen. „Alles gut, Brüderchen?“ Ich schüttelte den Kopf: „Nein. Es macht mich fast wahnsinnig, dass ich diesen Jack nicht einschätzen kann!“ Meine Schwester schenkte mir ein beruhigendes Lächeln: „Zerbreche dir nicht dein hübsches Köpfchen. Wir kommen schon noch dahinter. Und sollte er gefährlich sein, kannst du ihn ja einfach in Brand setzen.“ Sie grinste provozierend, denn sie wusste genau, wie unbeholfen ich mich mit dem Element noch anstellte. Meine Antwort war ein genervtes, kehliges Knurren.

4. Kapitel
Nathan

An diesem Morgen fiel es mir tatsächlich leicht aufzustehen. Ich hatte nämlich keine Lust darauf, dass Nia wieder meinen Kleiderschrank durchwühlte. Meine Schwester hatte eindeutig eine viel zu niedrige Toleranzschwelle. Ich saß bereits fertig am Frühstückstisch, als sie in die Küche geschlurft kam. Eindeutig noch nicht wach, was man daran erkennen konnte, dass sie ihr Shirt linksrum trug und ihre Haare in alle Himmelsrichtungen abstanden. Ich schmunzelte, als sie sich neben mich setzte und ihre Cornflakes neben die Schale schüttete. „Ups", war das Einzige, das sie sagte, als sie sich daran machte, alles wieder aufzusammeln. „Nia, geht es dir nicht gut?" Mum musterte ihre Tochter eingehend, doch die schüttelte den Kopf. Skeptisch zog ich eine Braue hoch: „Hast du heute schon mal in den Spiegel geguckt? Siehst schlimmer aus als ein Vampir."

Mit einem Blick, der wirkte, als wolle sie mich töten, stand sie auf und schlurfte wieder hoch. „Das hätte man auch anders sagen können!", herrschte meine Mutter mich an. Doch ich konnte nicht anders, als zu grinsen. Als Nia wenig später erneut herunterkam, sah sie um einiges besser aus als vorher. „Besser so, mein Herr?", murrte sie, während sie ihre Schuhe anzog. Ich nickte, und gemeinsam verließen wir das Haus.

Kaum hatten wir unser Grundstück verlassen, suchte ich das Gespräch, obwohl das eigentlich nicht meine Art war: „Was ist los Kleine?" Irgendetwas bedrückte meine Schwester, und das gefiel mir nicht. „Albtraum", war alles, was sie herausbrachte. Ihre Stimme klang wie gebrochenes Glas. Ein Blick in ihre ozeanblauen Augen verriet mir, dass sie den Tränen nahe war. Vorsichtig legte ich einen Arm um sie und zog sie an mich: „Willst du drüber reden?" Wie in Trance schüttelte sie den Kopf. „Hey, ihr beiden!", eine Stimme ließ uns herumwirbeln. Jack stand wenige Meter entfernt und lächelte uns an. Nia schenkte ihm ein sehr gequältes Lächeln. Der Dunkelhaarige schien zu bemerken, dass etwas nicht stimmte. „Nia, alles in Ordnung bei dir?“ Sie nickte und wischte sich die Tränen aus dem Gesicht: „Ja, hatte nur ´nen Albtraum.“ Jack nickte verstehend: „So einen richtig lebhaften vermutlich. Das kenn` ich zu gut.“ Nia nickte und lächelte ehrlich.

„Wir sollten weiter gehen. Tim und Luce warten bestimmt schon auf uns.“ Mit diesen Worten stapfte ich los. Jack und Nia folgten mir. Wie erwartet standen Luce und Tim bereits vor dem Schultor und lächelten uns entgegen. Wie ausgewechselt rannte Nia auf die beiden zu und fiel Tim um den Hals. Jack sah mich grinsend an: „Verrückt, die Kleine.“ Ich schmunzelte. Wir kamen bei ihnen an, als Nia gerade dabei war, Luce fast zu erwürgen. „Morgen, ihr beide“, begrüßte uns Tim. „Euch auch einen guten Morgen.“ Jack lächelte. Luce, der sich gerade von Nia befreit hatte, räusperte sich: „Melissa hat mir gerade mitgeteilt, dass die Spätsommerparty am See stattfindet.“ Nia und ich nickten. Jedes Jahr wurde zum Ausklang des Sommers eine Party gefeiert. „Spätsommerparty?“, fragte Jack. Nia nickte eifrig: „Ja. Jedes Jahr gibt es eine Party, um das Ende des Sommers zu feiern. Ist so Tradition an unserer Schule unter uns Schülern.“ Luce setzte ihre Erklärung fort: „Jap. Die Klassen vor uns haben dies getan, wir tun es, und die Klassen nach uns werden es fortsetzten.“ „Du kommst doch, oder?“ Fragend sah ich zu Jack. Dieser nickte: „Das lass ich mir doch nicht entgehen!“ Nia lachte fröhlich und begann wie eine Verrückte herumzuspringen.

Sie konnte es mal wieder gar nicht erwarten. Ich fragte mich, ob ich sie an ihre letzte Party erinnern sollte. Doch ich wollte kein Salz in noch offene Wunden streuen. Sie war fast ein halbes Jahr mit Carter zusammen und hatte dies beendet, weil sie, so voll, wie sie gewesen war, nicht mehr gewusst hatte, was sie tat. Ich persönlich fand das nicht schlimm. Carter Blair war nicht gerade mein Freund. „Tim, gehen wir rein?“, Nia sah neugierig zu unserem Freund. „Wir kommen mit", hörte ich mich sagen. Wann ich mir das überlegt hatte, weiß ich noch immer nicht. Luce, Nia und Tim warfen mir völlig verwirrte Blicke zu. Ich zuckte lediglich mit den Schultern und marschierte los in Richtung Eingangstür. Die vier folgten mir. Jack war weniger entsetzt, wogegen es meinen besten Freunden die Sprache verschlagen hatte. Ich konnte es verstehen. Es war so was wie eine Tradition, dass Luce und ich noch draußen blieben. In der Zeit beredeten wir immer das Wichtigste. Doch irgendwie war das heute anders. Es gab nichts zu bereden. Die folgenden Tage zogen sich tierisch in die Länge. Umso mehr freute ich mich auf die Party am Samstag. Leider gab es bei diesen Partys immer einen Haken, und der war Nia. Erst spielte sie Modenshow und ich sollte ihre Outfits bewerten, nur um am Ende von ihr durch sämtliche Läden geschleift zu werden, weil sie angeblich nichts Passendes hatte. So sehr ich meine Schwester auch liebte, ein Modeberater oder gar Tütenträger war ich nicht.

So schlurfte ich widerwillig an einem schönen Freitag nach nur vier Stunden Schule durch die Stadt. Tim hatte sich gut gedrückt. Er und seine Eltern mussten zu einer Aufnahmefeier in Mysteria. Leider nur war er auch am Abend nicht da. Er passte immer so gut auf Nia auf, da konnte ich mich getrost anderen Sachen widmen. „Nath! Nimm mal die Beine in die Hand!" Nia wartete ungeduldig vor der Eingangstür eines Ladens. Mit einem Stoßseufzer folgte ich ihr hinein, Widerstand war bei ihr zwecklos, das wusste ich. Dort ließ mich auf einen Stuhl fallen, während Nia zwischen den Regalen umhertigerte. Ein mir nur zu bekanntes Geräusch drang aus einer der Umkleidekabinen. Es klang, als hätte jemand ein Portal geöffnet. Langsam nährte ich mich, als mich eine zierliche Hand packte und grob hineinzog. Der Vorhang schwang hinter mir zu, und sofort fand ich mich in der Kabine wieder. Ich konnte nicht sehen, wer mich hineingezogen hatte. Jemand stand hinter mir und drückte mir eine Hand auf den Mund. „Ich nehme jetzt die Hand von deinem Mund, okay?" Die liebe, aber energische Stimme erkannte ich sofort. Kaum hatte sich der Griff gelockert, drehte ich mich um. Eine zierliche Frau mit hüftlangem schwarzem Haar und blutroten Augen stand hinter mir. Mit ihrer Kleidung sah sic aus wie aus einem vergangenen Zeitalter. „Luna, was treibt dich denn hier her? Sehnsucht gehabt?“ Ich konnte mir ein Schmunzeln nicht verkneifen. Sie knurrte leise: „Am liebsten würde ich meine Eckzähne in deine Halsschlagader bohren. Doch deshalb bin ich nicht hier. Ihr seid in Gefahr!“ Ich sah sie fragend an: „Hat das etwas mit dem Abkommen der Vampire zu tun?“ Luna seufzte und ließ sich an der Wand zu Boden sinken. Sie wirkte, als sei sie fertig mit den Nerven. Tatsächlich tat sie mir leid, wie sie so ihr Gesicht in den Händen vergrub. Ich kniete mich neben sie und nahm vorsichtig ihre Hände von ihrem Gesicht. Sie sah mich mit ihren Augen an, die mich glatt durchbohrten: „Obwohl ich hier bin, wofür mich der Rat köpfen würde, bin ich meinem Königreich treu. Ich kann dir nichts Genaues sagen, nur, dass du vorsichtig sein musst. Nia und du seid in großer Gefahr!“ Ich nickte, wenn ich auch nicht richtig verstand, was sie mir sagen wollte. „Ich muss wieder los. Bitte passt auf euch auf!“ Mit diesen Worten erhob sie sich und berührte den Spiegel. Ein schwarzer Durchgang erschien. „Ich werde auf uns aufpassen.“ Luna lächelte, bevor sie durch das Portal trat. Es schloss sich sofort hinter ihr und der Spiegel war wieder zu sehen.

Verwirrt verließ ich die Kabine wieder und sofort stürmte eine wütende Nia auf mich zu. „Wo zum Henker warst du? Ich suche dich schon seit Ewigkeiten!“, begann sie mit ihrer Schimpftirade. Doch ich konnte ihr nicht richtig zuhören. Mit meinen Gedanken war ich immer noch bei Lunas Worten. Sollte ich Nia davon erzählen? Es würde sie nur aufregen. Sie machte sich immer Gedanken wegen allem und jedem. Besser, wenn sie es nicht wusste. Ich würde sie eh vor allem schützen. In meiner Nähe würde ihr nichts passieren, soviel war mir klar. Meine Schwester holte mich zurück in die Realität, indem sie wild vor meinem Gesicht herumschnipste: „Sag mal, soll ich mir Sorgen machen? Wo hast du deinen Kopf gelassen?“ Ich blinzelte und sah zu Nia, die mit einem Stapel Klamotten vor mir stand. „Hast du denn wenigstens etwas gefunden?“ Nia nickte: „Oh ja! Ohne dein permanentes Gemecker ging es deutlich schneller.“ Grinsend stapfte meine kleine Schwester in Richtung Kasse davon. Ich verkniff mir einen Kommentar und folgte ihr. Nichts wollte ich mehr, als den Laden zu verlassen. Ich brauchte frische Luft.

Nia folgte mir aus dem Laden in die warme Sonne. Zielstrebig steuerte ich auf den Brunnen in der Stadtmitte zu und setzte mich auf dessen Mauer. Meine Schwester ließ sich neben mich fallen und ihre Beine ins kalte Wasser des Brunnens baumeln. „Meinst du, Jack weiß, was wir sind?“ Nia sah mich fragend an. Mit einer solchen Frage hatte ich nicht gerechnet. „Wenn er einer sein sollte oder von unserer Existenz weiß, meine ich natürlich!“, versuchte sie ihre Frage zu rechtfertigen. Ich zuckte mit den Schultern: „Vielleicht, doch woher? Ich meine, wir sind uns bei ihm ja auch nicht sicher.“ Meine Schwester nickte wenig überzeugt. Ich wünschte, ich hätte ihr richtige Antworten geben können, doch das konnte ich nicht. Ich wusste nichts. Ich konnte den Neuen noch immer nicht einschätzen, was mir überhaupt nicht gefiel. Mir war es lieber, wenn ich die Menschen, die mich umgaben, einschätzen konnte. „

Wollen wir gehen?“ Nia riss mich aus meinen Gedanken. Ich nickte hektisch: „Oh, jaja.“ Nia seufzte und fuhr sich durch ihr langes, lilafarbenes Haar: „Wo bist du nur mit deinen Gedanken? Es ist echt schrecklich heute mit dir!“ Brummelnd zog sie ihre Schuhe wieder an und stapfte los. Eindeutig nicht mein Tag, und auch Nia schien das zu bemerken. Ohne ein Wort folgte ich ihr. Heute Abend war die Party und meine Laune war im Keller. Ich wollte nicht auch noch Nias Laune verderben. Das würde sie vermutlich schon selbst schaffen. „Was ist nur los mit dir?“ Sie war stehen geblieben und drehte sich zu mir um. Ihre blauen Augen durchbohrten mich wie spitze Pfeile. „Nichts. Mich macht es nur nervös, Jack nicht einschätzen zu können", sagte ich wahrheitsgemäß. Nia nickte zustimmend: „Ich verstehe, doch so werden wir es auch nicht erfahren. Wenn wir etwas herausfinden wollen, dann müssen wir schon nachforschen. Raten bringt uns nicht weiter." Sie zog ein kleines, altes Buch aus ihrer Tasche und begann zu blättern. Neugierig beobachtete ich sie. „Elf? Eher nicht. Zentaur? Würde man sehen." Während sie las, sah sie immer wieder auf, um zu sehen, ob ich ihr folgen konnte. „Elementar? Möglich." „Nia, es reicht! Lass uns nach der Party darüber nachdenken, okay?" Meine Schwester nickte, wenn auch widerwillig. Den ganzen Weg über bis nach Hause schwiegen wir. Was hätte es auch zu sagen gegeben?

5. Kapitel
Nathan

„Nia, verdammte Axt! Beeil dich jetzt, wir wollen los!“ Zum hundertsten Mal an diesem Abend hämmerte ich gegen ihre Zimmertür, nur um wieder dieselbe Antwort zu bekommen. „Ja, gleich! Stress nicht!“ Genervt wandte ich mich ab und ging wieder in mein Zimmer, wo Luce und Jack bereits warteten. „Das Prinzesschen braucht noch“, brummte ich, als ich mich neben Luce aufs Sofa setzte. Der lachte: „Das ist ja nichts Neues.“ Ich nickte bestätigend. In diesem Moment wurde meine Zimmertür geöffnet und Nia trat ein. Sie grinste uns an: „Na, kommt schon! Wir wollen los.“

Sie verließ mein Zimmer wieder und ging die Treppe hinunter. „Unverbesserlich“, Luce schüttelte grinsend den Kopf und folgte ihr zur Tür. Auch Jack und ich folgten ihnen und gemeinsam machten wir uns auf den Weg. Schon als wir noch fast einen Kilometer vom See entfernt waren, konnten wir die laute, dröhnende Musik hören. Ich ließ meinen Blick über die feiernden Leute schweifen. Eine hibbelige Nia hüpfte neben mir auf und ab. Sie konnte es kaum erwarten, sich unter die Tanzenden zu mischen. Luce, der neben mir stand grinste: „Ich glaube, da ist eine gut drauf!“ Ich nickte und sah in die Menge: „Und du solltest schleunigst verschwinden, denn da kommt Melissa.“ „Scheiße!“ Ehe ich mich versah, war mein bester Freund auch schon in der Menge verschwunden. Jack warf mir einen fragenden Blick zu. Er wusste ja nicht, was Sache war, woher denn auch. „Melissa hängt wie eine Klette an Luce. Besonders schlimm ist sie, wenn sie besoffen ist“, erklärte ich ihm. Jack lachte auf. Es war ein herzliches, ehrliches Lachen und es klang schön. Hatte ich ihn schon einmal lachen gehört? Himmel, warum dachte ich überhaupt darüber nach? Ich schüttelte den Kopf in der Hoffnung, den Gedanken zu verdrängen. „Alles okay?“ Mein Gegenüber sah mich an. Ich nickte und machte mich auf den Weg zu den Getränken. Nia stand bei einigen Mädchen aus unserem Jahrgang und sah glücklich aus. Ein Lächeln huschte über mein Gesicht, als ich meine Schwester so glücklich sah. Ich ließ meinen Blick weiter schweifen zu Jack, der von einigen Mädchen umringt war. Natürlich, er passte perfekt ins Beuteschema dieser billigen Bitches. Seine dunkelbraunen Haare und diese einzigartigen braunen, fast schwarzen Augen. „Was gibts denn da zu gucken?"

Luces Stimme direkt neben mir riss mich aus meinen Gedanken. Wie vom Blitz getroffen zuckte ich zusammen und sah zu meinem besten Freund. Dieser grinste mich fragend an: „Ich dachte nicht, dass diese Modepüppchen dein Geschmack sind. Wenn dem so ist, kannst du gerne Melissa haben!" Völlig perplex schüttelte ich den Kopf: „Nie im Leben! Da siehst du doch vor Make-up nichts mehr vom Gesicht!" Luce nickte: „Wohl wahr, wohl wahr." Nia kam grinsend auf uns zu und drückte mir einen Becher in die Hand: „Du siehst aus, als könntest du das brauchen." Ich nickte und trank den Becher leer. Nia wand sich zu Luce: „Und du, Lucy. Alles gut bei dir? Wo hast du den Melissa gelassen?" Sie kicherte und legte den Kopf schief. „Ich glaube, ich habe sie unten am Steg abgehängt. Aber jetzt, wo du es sagst: Ich sollte nicht unvorsichtig werden". Kaum hatte er geendet, war er wieder verschwunden.

Nun wandte sich Nia wieder mir zu: „Du tanzt nachher mit mir, klar?" Ich nickte. Zufrieden lächelnd ging sie zurück zu den Mädchen, bei denen sie bis eben noch gestanden war. Ich seufzte und griff nach einem neuen Becher. „Ich hoffe, du kennst deine Grenze", hauchte mir eine bekannte Stimme ins Ohr. Genervt verdrehte ich die Augen: „Hallo Melissa." Ich sah zu dem platinblonden Modepüppchen mit ihren Kunstwimpern und aufgemalten Augenbrauen. Das blonde Dummchen lächelte mich zuckersüß an. Mir war klar, was sie wissen wollte: „Bevor du fragst, ich weiß nicht wo Luce ist." „Das wollte ich gar nicht wissen." Sie strich sich eine Strähne hinters Ohr und sah zu mir hoch. „Der Neue, dieser Jack, der ist doch mit euch gekommen, oder?“ Meine Lust, sie an Ort und Stelle in Brand zu setzen, stieg ins Unermessliche: „Ich weiß nicht, was du von mir willst, doch ich rate dir, es mir bald zu sagen. Meine Geduld ist bereits überstrapaziert.“

Melissa wich einen Schritt zurück, fing sich allerdings schnell wieder: „Ich wollte wissen, ob du mich ihm vorstellen kannst.“ „Wen sollst du wem verstellen?“, die raue Stimme neben mir ließ mich zusammenzucken. Jack stand direkt neben mir und lächelte höflich. „Jack, das ist Melissa. Melissa, das ist Jack“, knurrte ich, als ich mich wieder gefangen hatte. Mein Gegenüber nickte knapp und musterte Melissa skeptisch: „Aha. Nath, könntest du mir zeigen, wo die Getränke sind?“ Er lächelte mich an. Ich nickte und marschierte wortlos los, dicht gefolgt von Jack. Wir schwiegen, während wir bei den Getränken standen und unsere Becher leerten. Jack brach als Erster unser eigenartiges Schweigen: „Was war das für eine billige Blondine?“ Ich musste schmunzeln: „Das, mein Freund, ist Melissa.“ „Jetzt kann ich Luce verstehen.

Was ist an der nicht aufgemalt und künstlich!?“ Ich musste lachen. Selten lachte ich so ehrlich, doch an diesem Abend konnte ich nicht anders. Auch Jack schien es zu bemerken, denn er sah mich fragend an. Ich erwiderte seinen Blick und zog eine Braue hoch: „Ist was?“ „Dein Lachen.“ Jack sah mich an. „Es war anders. Es klang nicht so künstlich wie sonst.“ Ich nickte: „Ich lache ungern.“ Mein Gegenüber sah mich weiter fragend an. „Warum?“ Ich seufzte: „Weil mein Lachen mich an meinen verstorbenen Bruder erinnert. Ich habe früher viel gelacht, meistens seinetwegen. Wir hatten das gleiche Lachen. Es zieht Nia immer so runter und mich selbst auch.“ „Oh, sorry. Das wusste ich nicht.“ Jack sah mich entschuldigend an, doch ich lächelte nur. „Nicht schlimm, woher solltest du es auch wissen.“ Der Braunhaarige lächelte mich an: „Jedenfalls solltest du öfter lachen, es kling schön und steht dir besser als der kalte Blick.“ Diese Ehrlichkeit verwirrte mich. Vielleicht war es der Alkohol, oder er taute einfach auf. Allerdings sollte ich nicht voreilige Schlüsse ziehen. Ich musste ihn noch besser kennen, um ihn über unser Geheimnis aufzuklären, auch wenn ich unbedingt herausfinden wollte, ob er ein Magical war. Wir standen noch eine Weile da und ließen uns die Bowle schmecken, bis Nia auf uns zu gehüpft kam. Typisch Nia: Sie war überdreht und gut gelaunt. Dafür brauchte sie keinen Alkohol. „Komm schon, Bruderherz, du hast es mir versprochen!“ Sie sah mich mit ihren blauen Kulleraugen an. Ich schmunzelte: „Ich kann mich nicht daran erinnern, dir etwas versprochen zu haben.“ Meine Schwester lächelte unschuldig und zog mich Richtung Tanzfläche. Widerstand war zwecklos, so viel war mir klar. Hilfesuchend ließ ich meinen Blick durch die Menge wandern in der Hoffnung, Luce würde mich erlösen. Doch diese Hoffnung blieb ein Wunschtraum, denn Luce hatte sich zu Jack gestellt und grinste böse in meine Richtung.

Seufzend gab ich mich meinem Schicksal hin und folgte Nia. Sobald ich konnte, entfloh ich der Situation wieder. Nia konnte tanzen, sie hatte einfach Rhythmus. Ich dagegen überhaupt nicht. Aus Erfahrung wusste ich, dass Luce ihr nächstes Opfer sein würde und ich erst mal Ruhe hatte. Mehr als zufrieden gesellte ich mich zu Jack, der am Steg stand und sich mit einigen Jungen aus unserer Stufe unterhielt. Vielmehr waren es sie, die redeten, er wirkte nicht interessiert an einem Gespräch. Erleichtert lächelte er mir entgegen, als er mich kommen sah. Als ich näher kam erkannte, ich den Ex meiner Schwester unter den Typen. Nia hatte recht, Luce hatte ihn richtig erwischt. Auf seiner verbogenen, lila-blau gefärbten Nase klebte ein fettes Pflaster. Carter grinste mich an: „Jo, Nath. Wie geht's?“ Ich ignorierte ihn. Auf eine Unterhaltung mit ihm hatte ich keine große Lust. Ich stellte mich stumm neben Jack, der mir ein Bier reichte. Leider schien Carter nicht zu verstehen, dass ich nicht mit ihm reden wollte, denn er gab nicht nach: „Wo ist denn dein liebes Schwesterchen?“ Wieder ging ich nicht drauf ein.

Ich hatte ihm nichts zu sagen. Dieser Idiot dachte schon immer, er wäre der Beste, und ich ließ ihn in diesem Glauben. „Schade, dass sie eine kleine Bitch ist, man findet nicht selten Gute, nicht wahr?“ Jetzt war er zu weit gegangen. Wütend funkelte ich ihn an. Mein Gegenüber grinste süffisant: „Ich meine, im Bett war sie ja gut, aber das ist bei Ihresgleichen ja üblich.“ Ich wusste nicht, wie es geschah, da hatte ich schon einen Schritt nach vorn gemacht und ausgeholt. Mit voller Wucht traf meine Faust seine eh schon ramponierte Nase. Er taumelte zurück, doch ich hatte ihn schon am Kragen gepackt und wieder zu mir gezogen. Hasserfüllt sah ich ihn an. „Niemand redet so über meine Schwester!“, knurrte ich, ehe ich ihm noch einen Schlag ins Gesicht verpasste. Ich hätte vermutlich immer so weiter gemacht, hätten mich nicht zwei große Arme von hinten gepackt und von Carter weggezogen.

Immer noch wütend wirbelte ich herum und sah in Jacks dunkelbraune Augen. Er sah mich eindringlich an, und sofort beruhigte sich dieser gewaltige Zorn in mir. Langsam lockerte er seinen Griff und ich atmete tief durch. Carter, dessen Blut von der aufgeplatzten Lippe bereits sein T-Shirt tränkte, sah mich wütend an: „Kein Wunder, dass deine Schwester so ist. In so einer Familie kann man doch nur scheiße sein. Mich wundert es nicht, dass sich dein Bruder umgebracht hat!“ Alle Farbe wich aus meinem Gesicht. Dies ging eindeutig unter die Gürtellinie.

Gerade als ich wieder auf ihn losgehen wollte, schoss jemand an mir vorbei und erreichte Carter noch vor mir. Wie ich zuvor packte Jack ihn am Kragen und funkelte ihn an. Mit Leichtigkeit zog er ihn runter und hob sein Knie mit Schwung direkt in die Magengrube dieses Idioten. Der keuchte und sackte zusammen, doch Jack hielt ihn fest und zwang ihn, ihm in die Augen zu sehen. Und für einen kurzen Augenblick sah es aus, als würden Jacks Augen von fast Schwarz zu Blutrot wechseln. Doch so schnell, wie das gekommen war, war es auch wieder verschwunden. Er schubste Carter in den See und drehte sich zu mir um. Perplex sah ich zu, wie

Carter versuchte, sich zurück auf den Steg zu ziehen. Jack grinste mich an: „Noch ein Bier?“ Ich nickte, noch immer verwirrt.

5. Kapitel
Nathan

Müde öffnete ich die Augen. Mein Schädel fühlte sich an, als würde er jede Sekunde explodieren. Ich sah mich verstört um. Das war nicht mein Zimmer und Luces auch nicht, also wo war ich? Es war stockfinster. Nur durch den Türspalt drang Licht ins Zimmer. Ich hatte keine Ahnung, wo ich war, und das machte mich nervös. Das Zimmer war sehr spärlich eingerichtet. An der Wand gegenüber dem Bett, in dem ich lag, standen Schränke, und unter den Fenstern stand ein Schreibtisch. Ich setzte mich auf und sah zu den Fenstern. Sie waren verdunkelt und davor hingen dicke schwarze Vorhänge.

Die Tür wurde geöffnet und jemand trat leise herein. „Du bist wach? Hier ein Glas Wasser und eine Kopfschmerztablette." Ich erkannte Jacks Stimme. Er stellte das Glas auf den Nachttisch neben mir und zog die Vorhänge zur Seite. Ich sah ihn fragend an: „Wo bin ich?" Jack lachte, während er das helle Sonnenlicht ins Zimmer ließ: „Du bist bei mir zu Hause." Ich nickte. Auch wenn ich noch verdammt viele Fragen hatte, zog ich es vor, die Tablette zu nehmen und das Glas Wasser zu trinken, während Jack sich auf ein Sitzkissen fallen ließ und mich musterte. Ein Schmunzeln stahl sich auf seine Lippen: „Junge, siehst du beschissen aus." „Wenn ich auch nur annähernd so scheiße aussehe, wie ich mich fühle, dann muss das schrecklich sein." Seufzend stellte ich das Glas wieder auf dem Nachttisch ab.

„Was ist eigentlich gestern noch passiert?" Jack lachte auf: „Hast du etwa einen Filmriss?" Ich brummte: „Nein, jemand hat in meinem Hirn rumgepfuscht. Ja, ich hab ′nen Filmriss!" „Ist vermutlich auch besser so", murmelte Jack. Sofort wurde mir schlecht. Was hatte ich getan? Er merkte offensichtlich, dass ich nervös wurde, und lächelte mich an: „Keine Sorge. Du warst eigentlich recht freundlich. Was weißt du denn noch?" Ich überlegte kurz und erinnerte mich an gestern: „Das Letzte, das ich noch richtig weiß, ist, dass du Carter in den See geworfen hast." „Ja. Ich habe die Beherrschung verloren." Jack grinste. „Mehr nicht?" Ich nickte nur. „Na ja, danach sind wir was trinken gegangen. Irgendwann kam dann diese Melissa an und du hast ihr gesagt, sie solle nicht so krass notgeil sein und jeden nehmen, der nicht bei drei auf dem Baum ist. Dann hast du deine Kippe auf ihrer Hand ausgedrückt. Die war beleidigt, ist aber abgedampft." Er lachte.

Ich seufzte leise: „Ich musste mich echt schon ein paar Mal beherrschen, um ihr das nicht nüchtern zu sagen." „Danach hast du mit einem Mädchen aus der Stufe unter uns rumgemacht. So eine Kleine, Rothaarige. Ich habe dann beschlossen, dass du nach Hause solltest. Ich habe Nia Bescheid gesagt, dass ich dich zu mir bringe. Es war zum einen näher dran, und zum anderen warst du echt so voll, dass ich dich so nicht zu deinen Eltern bringen wollte." Weise Entscheidung. Angestrengt versuchte ich, mich an den Abend zu erinnern, doch alles war einfach weg. Jack erhob sich und kam auf mich zu: „Mach dir nichts draus. Nia meinte, du würdest öfter mal übers Ziel hinausschießen." Ich nickte. Es stimmte zwar, doch bisher hatte ich mich immer erinnern können.

„Hast du Hunger?" Der Braunhaarige riss mich aus meiner Grübelei. Wieder nickte ich und stand endlich auf. Ich folgte Jack aus seinem Zimmer in einen weißen Flur. An den Wänden hingen Bilder, meist schwarz-weiß. Auf einem davon war eine junge Frau zu erkennen. Sie hatte schwarzes, langes, lockiges Haar und trug ein schwarzes, bodenlanges Kleid. In ihren Armen hielt sie ein Baby. „Ist das deine Mutter?", fragend sah ich hinter Jack her, der bereits in einem weiteren Raum verschwunden war. Er kam zu mir zurück und folgte meinem Blick: „Ja das ist sie." „Und das bist dann du?" Jack nickte: „Jap, das bin ich. Meine Mutter liebt Fotografie, deshalb ist auch die halbe Wohnung damit vollgekleistert." Ich nickte und folgte ihm in die Küche. „Wo ist sie jetzt eigentlich?", bei dieser Frage zuckte Jack zusammen. Kurz schwieg er, als wüsste er nicht, was er sagen sollte: „Sie ist auf einer Geschäftsreise. Ist sie öfter." Ich zog skeptisch die Augenbraue hoch, doch er versuchte, mit einem Lächeln seine Aussage zu bekräftigen. Natürlich glaubte ich ihm das nicht, doch ich wollte nicht nachbohren. Das war nicht mein Art. Ich wollte zwar immer alles über meine Mitmenschen wissen, um sie einschätzen zu können, doch nicht jetzt. Jack drehte sich wieder um und begann, irgendwelche Schubladen zu öffnen: „Was willst du essen?" „Was gibt's denn?", fragte ich, während Jack weiter die Schubladen inspizierte. „Müsli, Brötchen, Brot, Käse und Wurst. Oder soll ich kochen?" Ich schüttelte den Kopf: „Ein Kaffee?" Er nickte und setzte einen Kaffee auf, ehe er sich daran machte, das Müsli in eine Schale zu füllen.

„Setz dich bitte!" Ich setzte mich ihm gegenüber und sah zu, wie er sich das trockene Müsli in den Mund schaufelte.ER sah mich an. Das gab mir den Rest und ich fing an, herzhaft zu lachen. „Was denn?", Jack blinzelte verwirrt. Ich deutete auf seine Schale: „Isst du dein Müsli immer ohne Milch?" Mein Gegenüber schlug sich mit der flachen Hand ins Gesicht und stand auf, um den Kühlschrank zu öffnen: „Sorry. Ich weiß nicht, wo ich mit Gedanken war." Er füllte die Milch in seine Schüssel und reichte sie mir. Ich schmunzelte: „Nicht gemerkt, dass das Müsli trocken schmeckt?" „Vermutlich hätte ich gar nichts gemerkt." Jack lachte und begann erneut zu essen, während ich meinen Kaffee trank.

Als wir fertig gegessen hatten und Jack die Schalen weggeräumt hatte, führte er mich ins Wohnzimmer und wir setzten uns auf Sofa. Wie bei Jack im Zimmer und in der Küche waren hier dicke, schwarze Gardinen an den Fenstern angebracht. „Wofür die Gardinen?", sprach ich meinen Gedanken laut aus. „Meine Mum hat eine Sonnenallergie", antwortete Jack und lächelte. Ich nickte und lehnte mich zurück. Mein Schädel brummte noch immer, doch ich wollte nicht meckern. Plötzlich fiel mir Nia wieder ein. Gott, ich hatte mich noch gar nicht gefragt, was mit meiner Schwester war! Ich sah zu Jack: „Nia, wo ist sie? Wie geht es ihr? Ist sie zu

Hause?“ „Ruhig Blut. Luce hat auf sie aufgepasst und sie auch nach Hause gebracht, ich habe ihr heute Morgen schon geschrieben.“ Der Braunhaarige sah mir in die Augen, und sofort beruhigte sich mein Herzschlag wieder. Ich wusste nicht, wie er das machte, doch seine Augen strahlten so viel Ruhe aus, dass es schon fast beängstigend war. Ich zog mein Handy hervor und sah fünf Anrufe in Abwesenheit. Vier waren von Nia und einer von Luce, keiner älter als sechs Stunden. Jack sah mir zu, wie ich eine Nachricht an meine Schwester schrieb. Sie sollte ja wissen, dass ich noch lebte.

„Du, ich wollte dich mal was fragen“, Jack sah mich unsicher an. Ich nickte, um ihm zu zeigen, dass ich ihm zuhörte. Er begann zu reden: „Gestern hat dieser Carter deinen Bruder angesprochen. Er meinte, euer Bruder hätte sich umgebracht …“ Ich musste schlucken. Bisher war ich immer den Gesprächen über meinen Bruder ausgewichen, selbst bei Luce und Nia. Ich beschloss, bei der Version zu bleiben, die wir auch den anderen erzählt hatten. Immerhin konnte man ja den Menschen nicht erzählen, dass er bei der Prüfung in Mysteria verschollen war. Schwerfällig nickte ich: „Ja, er ist abgehauen und umgekommen.“ Jack sah mich entschuldigend an. Ich lächelte matt, um ihm zu zeigen, dass alles in Ordnung war. „Tut mir leid, ich wollte nicht an alte Wunden rühren.“ Sein Blick zeigte Mitgefühl, doch das war mir egal. Die Geschichte war eh durch. Ich lächelte höflich: „Nicht so schlimm. Ich bin diese Fragen gewöhnt.“

Mein Blick schweifte wieder zu meinem Handy. Es war bereits 15 Uhr. Jack folgte meinem Blick und verstand, was ich dachte, ohne dass ich es sagte. „Soll ich dich nach Hause fahren?“ Ich nickte dankbar und gemeinsam verließen wir das Haus. Jack steuerte direkt auf ein schwarzes Auto zu. Der alte Combi sah schon etwas mitgenommen aus. Der Braunhaarige schloss ihn auf und stieg ein. Ich ließ mich auf den Beifahrersitz fallen und begutachtete das Auto von innen. Jack fielen meine neugierigen Blicke auf: „Das ist der Combi meiner Mum.“ Ich nickte verstehend. „Aber einen Führerschein hast du, oder?“ Jack lachte auf: „Natürlich.“ Mit diesen Worten fuhr er los. Ich klappte die Sonnenblende herunter und musterte mich im dort angebrachten Spiegel. Ich sah aus wie ein wandelnder Toter. Unter meinen rot unterlaufenden Augen hatten sich dicke Augenringe gebildet und meine Haut wirkte kreidebleich. Meine sonst so wilden silbrigen Haare hingen mir strähnig ins Gesicht.

„Du bist trotzdem hübsch.“ Schockiert sah ich zu meinem Fahrer, dessen Augen auf die Straße gerichtet waren. Er schien offensichtlich zu bemerken, was er gesagt hatte, denn er begann zu stammeln: „Also … na ja … du bist nicht hässlich … ich meine … du bist halt …“ „Gott, der Restalkohol!“, verlegen lächelnd schlug er sich mit der flachen Hand gegen die Stirn. Ich konnte nicht anders als laut loszulachen. Es dauerte nicht lange, bis Jack mit einstimmte. Mir fiel auf, wie Jacks Augen beim Lachen einige Nuancen heller wurden. Sie waren dann nicht mehr fast schwarz, sondern fast rehbraun. In diesem Moment fiel mir weder ein, was ich am Abend zuvor beobachtet hatte: Mit einem Mal war seine Iris blutrot geworden. Doch ich beschloss, ihn nicht darauf anzusprechen.

Wenig später standen wir vor meiner Haustür. Der Braunhaarige, der mich locker überragte, betätigte die Klingel und wartete, bis Nia die Tür öffnete. Kaum hatte sie die geöffnet, da fiel sie mir schon um den Hals und drückte mich mit ihren zarten Armen an sich. „Himmel, Nath! Ich hab mir verdammt Sorgen gemacht, als ich weder dich noch Jack erreichen konnte! Luce meinte zwar, dass sicher alles gut wäre und ich aufhören sollte, euch zu stören.“ Mein Blick wanderte zu Luce, der hinter Nia in der Haustür stand. Ich warf ihm einen warnenden Blick zu, doch er zuckte nur grinsend mit den Schultern. Jack kicherte leise und klopfte mir auf die Schulter: „Ich muss dann auch mal wieder nach Hause. Wir sehen uns übermorgen in der Schule?“ Ich nickte lächelnd. „Natürlich, wie immer!“ Nia grinste, während Jack zurück zum Auto ging und den Motor startete. Ich sah ihm nach, bis er um die Kurve bog und nicht mehr zu sehen war. Sobald er außer Sichtweite war, stapfte ich auf Luce zu und knurrte: „Hör auf, permanent solche Behauptungen aufzustellen! Ich hätte dir nie erzählen sollen, dass ich Pan bin! Immer wieder eure Anspielungen.“ Nia kicherte: „Das hindert dich nicht daran, jedes Mädchen flachzulegen.“ „Ich bin Pan und nicht der Tod!“ Luce nickte und klopfte mir auf die Schulter: „Sieh es doch locker. Normalerweise reagierst du nur so, wenn ich recht habe.“ Er hatte ins Schwarze getroffen, ich reagierte nur so, wenn er recht hatte. Doch ob er in dieser Hinsicht auch richtig lag, wusste nicht einmal ich. Ich spürte die Blicke der beiden, als ich mich an ihnen vorbei durch die Haustür quetschte. Ich hatte keine Lust auf jegliche Art von Unterhaltung. Das Einzige, was ich wollte, war meine Ruhe, und die würde ich in meinem Zimmer bekommen.

Ohne ein Wort mit meinen Eltern zu wechseln, deren Stimmen ich aus der Küche vernahm, ging ich die Treppe hinauf in mein Zimmer. Ich brauchte Ruhe. Meine Gedanken wirbelten durch meinen Kopf, doch ich bekam keinen zu fassen. Ich war bei Jack zu Hause, und obwohl ich kein Anzeichen von Mysteria gesehen hatte, hätte ich schwören können, dass er ein Magical war. Überall, wo er war, spürte ich diese Präsenzen.

6. Kapitel
Jack

Ich ließ die Haustür hinter mir ins Schloss fallen. Ohne Umschweife steuerte ich auf die Tür zum Schlafzimmer meiner Mutter zu und blieb vor dem großen Spiegel am Kleiderschrank stehen. Wie immer schloss ich die Augen und legte meine Hand auf die spiegelnde Oberfläche. Wenig später tat sich der erwünschte schwarze Durchgang vor mir auf und ich trat ohne zu zögern hindurch. Das bekannte Gefühl der Schwerelosigkeit trat ein, bevor die Dunkelheit des Durchganges fahlem Fackellicht Platz machte und ich auf Marmorfliesen landete. Anstatt der weißen Wände des Schlafzimmers umgaben mich nun steinerne Wände, alte Gemälde und verstaubte Rüstungen. „Castel Van Raven", Ich brummte leise, als ich den langen Korridor entlangstapfte. „Jacky, bist du da?" Ich vernahm eine mir nur allzu bekannte Stimme, und wenig später flatterte eine Fledermaus in mein Blickfeld.

Die Fledermaus begann sich zu drehen, und wenig später stand eine junge Frau vor mir. Ihr langes schwarzes Haar fiel ihr ins Gesicht und verdeckte beinahe ihre roten Augen. Ich schmunzelte: „Ja, ich bin es, Luna. Hast du etwa schon Sehnsucht nach mir?" Mein Gegenüber verdrehte die Augen: „Zu deiner Enttäuschung nein, aber deine Großmutter verlangt einen Lagebericht." Ich unterdrückte eine missmutige Bemerkung und setzte meinen Weg fort. Luna wich mir nicht von der Seite.

Während wir gemeinsam die Gänge entlang liefen, begann Luna mit ihrer Fragerei: „Na, dein erster Eindruck von den Twinnis?" „Die Zwillinge sind eigentlich ganz okay. Sie ist etwas zu euphorisch und gutgläubig, doch er ist schwer zu durchschauen", antwortete ich wahrheitsgemäß. Luna nickte verstehend: „Sie sind beide total toll. Nath ist zwar manchmal ein Arsch, aber …" „Du musst es ja wissen!", unterbrach ich sie grinsend. Sofort zeichnete sich Röte auf ihrer sonst kalkweißen Haut ab. Ein Zeichen, dass ich ins

Schwarze getroffen hatte. Doch meine Miene wurde sofort wieder ernst: „Es ist aber nicht Teil des Plans, sie großartig zu finden.“ Luna sah mich ernst an: „Der Plan …! Sag nicht, dass du das wirklich tun willst!“ Ich seufzte tief: „Ich habe keine Wahl, Luna, und du weißt das!“ Ich wollte ihr beschwichtigend eine Hand auf die Schulter legen, doch sie schlug sie weg und sah mich an. Ihre roten Augen bohrten sich in mein Gewissen. Sie konnte nicht nachvollziehen, warum ich so handelte, egal, wie oft ich es ihr erklärte. Gemeinsam waren wir vor der großen Holztür angekommen und ich öffnete sie. Der Saal dahinter wirkte kalt, wie ich ihn kannte. Am Ende des Saals, auf einem großen, goldenen Thron, saß eine schlaksige Gestalt. Mit ihren knochigen Fingern tippte sie ungeduldig auf der Lehne herum.

„Jack Van Raven!“ Ihre schneidend kalte Stimme hallte durch den Saal. Ein Knurren drang aus meiner Kehle, als ich auf die Gestalt zuging: „Hallo, Großmutter!“ Die Gestalt erhob sich und schritt auf mich zu. Ihr langes Kleid schleifte über den Boden, ihre schwarzen Haare waren sorgfältig zu einem Zopf geflochten. Ihr eingefallenes Gesicht glänzte im Kerzenlicht gespenstisch, und ihre dunkelroten Augen ähnelten geronnenem Blut. Ein schrecklicher Anblick, passend zur Person. „Du hast mich warten lassen“, sie schüttelte enttäuscht den Kopf. „Und das, obwohl du weißt, was auf dem Spiel steht!“ Wütend funkelte ich sie an: „Es braucht nun einmal seine Zeit.“ „Die wir nicht haben!“, die Stimme meiner Großmutter bebte vor Wut. Luna neben mir trat respektvoll einige Schritte zurück. Mich schüchterte die alte Frau nicht ein, auch wenn sie sich meine Großmutter und Königin schimpfte. Gleichgültig zuckte ich mit den Schultern: „Dann musst du ihn halt noch etwas hinhalten.“ „Hinhalten?! Ein Dämon nimmt sich, was er will, das dürftest du wissen! Wir können es uns nicht leisten, seine Geduld überzustrapazieren.“ Auch wenn ich es nicht wahrhaben wollte, ich wusste, dass sie recht hatte. Mit finsterem Blick funkelte sie mich an: „Das liegt an deinem Blut! Wärst du doch nur ein reiner Vampir!" Ich knurrte leise. Ich hasste dieses Thema, und sie wusste es. Immer wieder führte sie mir vor Augen, wie minderwertig ich doch war. Sie stimmte ein kaltes lachen an: „Mach dein Volk endlich stolz!" Ohne ein weiteres Wort verließ sie mit wehendem Gewand den Saal. Ich atmete erleichtert auf, als die schwere Holztür hinter ihr zugefallen war. „Dieses alte Biest!", wütend trat ich gegen eine Rüstung, die scheppernd an die Wand knallte und auseinanderfiel. „Ruhig Blut. Du kennst sie doch", Luna legte mir beschwichtigend die Hand auf die Schulter. Ich nickte knapp: „Das macht es aber nicht angenehmer." Meine Großmutter war durch und durch eine Kreatur der Nacht. Herrschsüchtig, egoistisch und gefühlskalt. „Ich glaube nicht, dass du den Plan durchziehst." Lunas Stimme riss mich aus meinen Gedanken. Verblüfft sah ich sie an: „Wie kommst du darauf?" Mein Gegenüber zuckte mit den Schultern, verwandelte sich wieder in eine Fledermaus und flog davon.

Ich schmunzelte, ehe ich ebenfalls meine Verwandlung zuließ. Mein Rücken krümmte sich, das Knacken von Knochen war zu hören und meine Kleidung wich einem dichten, schwarzen Pelz. Wie auf ein stilles Kommando stürzte ich los und folgte der kleinen Fledermaus durch die Gänge. Wie in unserer Kinderzeit jagten wir durch die Korridore. Einige Bedienstete des Castel Van Raven mussten uns ausweichen oder wurden von uns von den Beinen gerissen. Es war fast wie in unseren Kindertagen, als wir sorglos durch die Gegend streiften und taten, was uns Spaß machte. Luna flog hinauf, und ich jagte ihr hinterher, die Treppenstufen hinauf zum höchsten Turm. Das Donnern der Wolfstatzen hallte durch die Korridore.

Oben kamen wir zum Stehen. Ein Zischen war zu hören. Wenig später war die Fledermaus verschwunden und Luna stand wieder in normaler Gestalt vor mir. „Braver Wauwau", sie kicherte und tätschelte meinen Kopf. Ich brummte leise, ehe ich mich zurückverwandelte. „Was willst du jetzt tun?" Mit fragendem Blick musterte sie mich. Ich zuckte mit den Schultern: „Na ja, sie vertrauen mir noch nicht ganz. Nia mehr als ihr Bruder, und die anderen warten auf sein Urteil.“ Die Schwarzhaarige nickte: „Sie sind eine Clique, und Nath ist der Anführer. Du brauchst nur ihn auf deiner Seite und der Rest wird ein Spaziergang.“ „Das habe ich gemerkt, nur ist Nath leider am schwierigsten einzuschätzen“, seufzte ich leise. Die Vampirin neben mir sah hinaus in die dunkle Nacht: „Er ist eigentlich wie sein Bruder und doch so anders.“ Ich konnte nicht verhindern, sie anzustarren: „Du kanntest seinen Bruder?“ Sie nickte. „Wer war er? Wie war er? Komm ich durch ihn vielleicht an Nathan ran?“ Sie nickte wieder: „Sein Name war Alex. Ich kannte ihn gut. Er war einer der wenigen, die es nicht schlimm fanden, dass eine Zwölfjährige schon beim Training der Siebzehnjährigen mitmachen durfte. Er hat mich immer unterstützt und mir geholfen. Bei ihm habe ich mich nicht wie das hochbegabte Wunderkind gefühlt, sondern völlig normal.“

Plötzlich fiel es mir ein: „Alex? Der Alex? Du hast doch immer so von ihm geschwärmt. Der war ihr Bruder?“ Luna nickte, während sie weiter in den pechschwarzen Nachthimmel starrte. „Der ist doch bei der Prüfung umgekommen.“ Wieder nickte die Schwarzhaarige. Ob mir dieses Wissen nun etwas brachte, wusste ich nicht. Doch um an die Zwillinge heranzukommen, musste ich so viel wie möglich über sie wissen. „Wenn du mehr erfahren willst, dann musst du Nia auf ihn ansprechen. Sie vermisst ihn schrecklich und es macht sie fertig, dass Nathan dieses Thema so meidet.“ Mit ihren blutroten Augen sah sie mich eindringlich an. Ich erinnerte mich an Nathans wutverzerrtes Gesicht, als dieser Typ über seinen Bruder gesprochen hatte. Es war deutlich, dass Nath dieses Thema sehr zusetzte. Er schwieg lieber, als mit Nia darüber zu reden. Und obwohl es mich nichts anging, fragte ich mich, warum. Ohne ein Wort erhob ich mich und ging die Wendeltreppe hinunter. Luna folgte mir nicht. Ich hatte auch bei ihr einen wunden Punkt getroffen, als ich sie auf den Bruder der Zwillinge ansprach.

Ohne ein weiteres Wort verließ ich diesen Ort und diese Welt, nur um mich wenige Sekunden später im Zimmer meiner Mutter wiederzufinden. Ich verließ das Zimmer und stapfte in die Küche. Wie jedes Mal war es nicht angenehm gewesen bei meiner Großmutter, doch ich hatte auch nichts anderes erwartet. Sie war nicht gerade eine liebenswerte Frau und schon gar nicht mir gegenüber. Doch damit war ich groß geworden. Ich kannte es nicht anders. Sie war eben einfach ein Monster. Anders als ihre Tochter. Meine Mutter war so anders, sie war so freundlich und großherzig. Wütend schlug ich gegen den Spiegel. Es klirrte, und die Scherben rieselten zu Boden. Die dicke rote Flüssigkeit, die über meine Fingerknochen lief, ignorierte ich, während ich mich an der Zimmertür zu Boden sinken ließ.

7. Kapitel
Nia

Verschlafen öffnete ich die Augen. Es war Sonntag und ich hatte Tim und Luce versprochen, mich mit ihnen in der Stadt zu treffen. Nathan sollte ich eigentlich mitnehmen, doch nach seinem Verhalten gestern zweifelte ich stark, dass er darauf Bock hatte. Und ich sollte recht behalten. Ich betrat die Küche und sah meine Eltern am Frühstückstisch sitzen. Mutter lächelte mich liebevoll an, während sie Marmelade auf einem Brötchen verteilte. Nathans Platz war leer, was mich überraschte. Er stand selten vor mir auf. „Nathan ist schon früh mit seinem Motorrad los", erzählte meine Mutter, die meinen suchenden Blick wohl bemerkt hatte. Ich nickte zur Antwort und nahm mir ein Brötchen. Mein Vater räusperte sich: „Sag mal, Nia, wo war dein Bruder eigentlich gestern? Du sagtest zwar, dass er nach der Party zu einem Freund wollte, doch Luce war hier und von Tim weiß ich, dass er in Mysteria war."

Ich nickte, während ich in mein Brötchen biss: „Ja, er war bei Jack." Meine Eltern sahen mich neugierig an. Ich war wohl in ein Kreuzverhör geraten. „Der ist neu auf unserer Schule. Mum, du hast ihn Freitagabend gesehen. Der ist voll nett und wir kommen gut mit ihm aus." Meine Mutter lächelte, während mein Vater nachdenklich in seinen Kaffee starrte. Wir waren gerade dabei, den Tisch abzuräumen, als es an der Tür klingelte. Genervt schnaubend stapfte ich zur Tür, da ich Nath davor erwartete. „Nath, wie oft noch? Nimm gefälligst einen Schlüssel mit, wenn du …", ich begann meine Standpauke, während ich die Tür öffnete, doch ich verstummte sofort, als ich nicht Nath sah. Jack stand hinter der Tür und grinste mich fröhlich an: „Freut mich auch, dich zu sehen, Nia." „Jack, komm doch rein", etwas perplex ließ ich ihn eintreten. Er zog seine Schuhe aus und lächelte mich an. Ich lächelte entschuldigend zurück: „Sorry, ich dachte, du wärst Nath." Ich ging die Treppe hoch in Richtung meines Zimmers und bedeutete Jack, mir zu folgen. „Was hat Nath denn verbrochen, dass du ihn so anmachst?“, fragte Jack lachend, als er sich auf mein Sofa fallen ließ. Ich setzte mich neben ihn: „Er vergisst immer seinen Haustürschlüssel.“ Jack nickte. Sein Blick wanderte durch mein Zimmer und blieb an einem großen Bild hängen. Es zeigte meine Familie vor sieben Jahren. Nath und ich saßen auf der Wiese, hinter uns stand unser Bruder und hinter ihm standen unsere Eltern. Alle lächelten in die Kamera. Jack erhob sich und ging auf das Bild zu: „Jetzt versteh ich es! Nath sieht haargenau so aus wie sein Bruder.“ Bei seinen Worten entglitten mir jegliche Gesichtszüge. Woher wusste er von Alex? Um was ging es eigentlich? Er schien meinen Blick bemerkt zu haben, denn er ließ sich wieder neben mir nieder und sah mich an: „Freitagabend auf der Party erwähnte ihn dieser Typ, dein Ex. Nathan sah plötzlich so schrecklich aus, als hätte er ein Gespenst gesehen. Völlig fertig. Ich habe ihn gestern drauf angesprochen. Er hat mir von ihm erzählt.“ Ich wusste nicht, was ich denken sollte, mein Kopf war völlig leer. Nath hatte bisher mit niemandem über Alex geredet. Nicht einmal mit mir oder Luce. Jack sah mich an. In seinem Gesicht zeichnete sich ein großes Fragzeichen ab: „Nia, alles in Ordnung? Ich wollte nicht in offenen Wunden stochern!“

Verwundert schüttelte ich den Kopf: „Nath hat mit dir über Alex geredet?“ Mein Gegenüber nickte und sah starr auf das Bild. „Nathan hat seit seinem …“, ich stockte, um mir die Worte gut zurechtzulegen. „Nath hat seit Alex‘ Todestag mit niemandem darüber geredet. Mit wirklich niemandem! Ich habe versucht, mit ihm darüber zu reden, doch er hat mich immer abgewiesen. Er hat nie irgendwas gesagt, selbst bei der Todesfeier hat er einfach geschwiegen. Seither ist er nicht mehr derselbe.“ Jacks neugieriger Blick verriet mir, dass er mir zuhörte, und dieses Gefühl tat mir gut. „Er war ein fröhlicher, aufgeweckter Junge. Nichts hat ihm mehr Spaß gemacht, als durch die Wälder zu streifen und Neues zu entdecken. Doch dies änderte sich an diesem Tag. Aus ihm ist dieser kalte Typ geworden, den er heute raushängen lässt." Eine Träne bahnte sich ihren Weg aus meinem Augenwinkel über meine Wange. Ich versuchte sie wegzublinzeln, doch es half nichts und wischte ich mir übers Gesicht. Eine Hand legte sich auf meine Schulter. Jack hatte mich an sich gezogen und reichte mir ein Taschentuch: „Tut mir leid, dass ich dich darauf angesprochen habe. Nathan ist mir einfach ein Mysterium, und ich wollte gerne wissen, was ihn dazu gemacht hat. Leider habe ich dabei vergessen, auf deine Gefühle Rücksicht zu nehmen!" Ein leichtes Lächeln zeichnete sich auf meinem Gesicht ab, während ich meine Tränen trocknete: „Nicht schlimm. Ganz im Gegenteil, es tat gut, mal darüber zu reden." Dies war die Wahrheit. Ich konnte und wollte nicht mehr alles in mich hineinfressen. Ich war nicht wie Nath! „Nathan ist das alles nicht so egal, wie du denkst." Verwirrt sah ich zu Jack, der mich ernst ansah. „Auf der Party hat er das erste Mal, seit ich ihn kenne, herzhaft gelacht. Er meinte daraufhin zu mir, dass er das ungern tue, um dich nicht an euren Bruder zu erinnern. Laut ihm hat er wohl das gleiche Lachen wie euer Bruder." Ich nickte: „Die beiden sind sich so ähnlich, und das nicht nur vom Aussehen."

Jack nickte verständnisvoll und sah sich danach wieder in meinem Zimmer um. An der Wand, an der meine Zeichnungen hingen, verharrte sein Blick ein zweites Mal. Er stand auf und ging darauf zu: „Das sind aber schaurige Zeichnungen." Mit einem Mal blieb mir die Luft weg. Es waren Zeichnungen von Orten in Mysteria. Um genau zu sein, Bilder vom Tor der Unterwelt. „Ja. Haha, das sind Bilder aus meinen Träumen", versuchte ich mich herauszureden. Im Lügen war ich noch nie die Beste. Jack sah mich ernst an: „Nia, lüg mich bitte nicht an. Du bist ein Magical." Sprachlos und völlig verwirrt starrte ich ihn an. Woher? Er konnte es nicht wissen!? Was hatte uns verraten? „Die Zeichnungen. Nicht nur das Tor der Unterwelt, sondern auch die anderen Orte von Mysteria. Einem Menschen wären sie nicht besonders vorgekommen, doch einem Magical sagen sie viel.“ Jack sah mich ernst an. Er war also ein Magical. Immer noch saß ich wie versteinert auf meiner Couch und starrte den Jungen an, der mich eindringlich musterte. „Was bist du?“, war das Erste, das ich herausbrachte, als ich meine Stimme wiedergefunden hatte. Jack lächelte kalt: „Ein Hybrid aus Vampir und Werwolf. Das ist auch der Grund, warum ich in dieser Welt lebe.

“ Ein „Hybrid?“, kam es erstickt aus meinem Hals. Hybriden galten als gefährlich und standen unter lebenslanger Beobachtung des Rates, wenn sie nicht sogar ins Exil geschickt wurden. Sie hatten weder eine Stimme noch Rechte in Mysteria. „Nia, atmen! Ich habe nicht vor, dich zu zerfleischen. Ich bin kein Monster.“ Jack sah mich besorgt an und kam auf mich zu. In dem Moment, als er mich in den Arm nahm, erwachte ich aus meiner Starre. Ich nahm ihn ebenfalls in den Arm und atmete tief durch. Deutlich erleichtert fiel Jack neben mir aufs Sofa und lächelte: „Du ergreifst zumindest nicht gleich die Flucht.“ Ich lachte auf: „Ich nicht. Ich weiß, dass du mir nichts tun würdest. Ich war lediglich damit überfordert, dass du ein Magical bist.“ Jack nickte erleichtert: „Und was seid ihr?“ „Tim ist ein Metamorph, Luce ein Elementar des Feuers, Nath der Herrscher der Elemente und ich bin eine Hexe.“ Jack nickte, um mir zu zeigen, dass er zugehört hatte.

Somit war ich dran zu fragen: „Du bist also in dieser Welt aufgewachsen? Was weißt du alles von Mysteria?“ „Nichts, ich kenne ein paar Orte aus den Büchern meiner Mutter. Nicht mehr und nicht weniger.“ Ich nickte und sofort kam mir eine Idee: „Willst du gleich mit Luce, Tim und mir in die Stadt?“ Verwirrt vom plötzlichen Themenwechsel sah er mich an: „Ist nicht Sonntag? Die Läden haben zu.“ Ich grinste nur und packte ihm am Arm: „Wen interessieren schon die Läden!“ Ohne ihm Zeit zum Antworten zu geben, zog ich ihn hinter mir her. Jack gab sich geschlagen und folgte mir letztlich freiwillig. In der Stadt blieb ich vor einer Pizzeria stehen. Gekonnt kletterte ich über den Sichtschutz, der den Garten von der Straße abschottete. Jack folgte mir, tat aber auch sein Unbehagen kund: „Das dicke ‚Geschlossen'- Schild an der Eingangstür hast du gesehen, oder?" Ich schmunzelte: „Deshalb nehmen wir auch nicht die Eingangstür." Mir gefiel es, die Unsicherheit in seinen Augen zu sehen. Sie wirkte so fehl am Platz in seinem sonst immer so entschlossenen Gesicht.

„Das gilt als Hausfriedensbruch. Dass Nath so was egal ist, könnte ich mir denken, aber du?" Zögernd folgte er mir auf die andere Seite. „Wir brechen ja nicht ein", versuchte ich ihn zu beruhigen, bevor ich vor die rote Backsteinwand des Hauses trat und meine Hände über die Steine gleiten ließ. Einer der Steine begann unter meiner Berührung zu pulsieren. Sie waren also da. Ich drückte den Stein, und schon war zu sehen, wie die Backsteine zu Seite flogen und einen Durchgang sichtbar machten. Jack hinter mir fiel die Kinnlade herunter: „Mysteria, Magie in der Menschenwelt." Ich nickte und betrat den kurzen Durchgang.

Seine Verwunderung war gut zu verstehen, nur die wenigste Magie wirkte in dieser Dimension. Der schmale Gang endete in einer Restaurantküche. Ein großes Mädchen stand vor einer Staffelei und zeichnete mit einem Pinsel und schwungvollen Handbewegungen gerade eine atemberaubende Landschaft auf den weißen Untergrund. Ihre dunkelbraunen, langen Haare schwangen hin und her, als sie sich zu uns umdrehte. Mit Freude in den stahlgrauen Augen kam sie hüftschwingend auf uns zu. „Nia, Liebes, da bist du ja! Wen hast du denn da mitgebracht?" Neugierig legte sie ihre leicht bronzefarbene Hand unter Jacks Kinn und musterte ihn eindringlich. Der sah mich hilfesuchend an. Ein Schmunzeln konnte ich mir bei diesem Anblick nicht verkneifen: „Jack, das ist Chiara, Chiara das ist Jack." „Ein Magical", stellte Chiara fest. „Ich spüre seine Aura. Stark und entschlossen. So was ist mir noch nie untergekommen!" „Er ist in dieser Welt groß geworden und weiß nicht viel über Mysteria. Und da Luce, Tim und ich heute eh zu euch wollten da …“ „Da dachtest du, er sollte etwas über unsere Welt erfahren?“, beendete Chiara meinen Satz. Ich nickte lächelnd. Die dunkelhaarige Frau bedeutete uns, ihr zu folgen. „Nia, wie geht es eigentlich deinem Bruder? Ich habe ihn seit einer Ewigkeit nicht mehr gesehen!“ „Ach der, bei dem ist alles wie immer. Er lenkt sich im Moment wohl nur anders ab.“ Ich spürte Jacks verwirrten Blick auf mir und drehte mich lächelnd zu ihm um: „Chiara und mein Bruder haben eine eigenartige Beziehung.“

Chiara lachte herzhaft: „Die Menschen nennen so was, glaube ich, Freundschaft plus. Nur haben wir uns seit den Sommerferien nicht mehr gesehen.“ Jack nickte zögernd, schwieg aber. Ich warf ihm einen fragenden Blick zu, doch er wich meinen Blick aus, indem er nur geradeaus starrte. Vorn im Essensbereich des Restaurants sah ich Luce und Tim, die mit Roberto in unserer Stammecke saßen. Roberto war ein mittelgroßer, breit gebauter Mann mit Glatze. Er sah aus wie Mitte vierzig, doch wir wussten es besser. „Papa, Nia hat einen Freund mitgebracht. Einen anderen Magical!“, schwärmte Chiara sofort, während sie sich neben ihren Vater auf die Bank quetschte.

Roberto musterte Jack, der hinter mir hervorgetreten war. Sein sonst so sicheres Gesicht zeigte deutliche Unsicherheit. Doch auch Tim und Luce, sahen nicht weniger lustig aus. Tim fand als Erster seine Stimme wieder: „Du -, du bist ein Magical?!“ Jack nickte nur und nahm neben mir auf einem der Stühle Platz. „Er ist ein Hybrid, weswegen seine Mutter mit ihm Mysteria verließ und ihn in dieser Dimension großzog“, erläuterte ich meinen Freunden in einer kurzen Zusammenfassung. Jack nickte zustimmend. Ein wütendes Schnauben drang aus Chiaras Ecke: „Das ist so typisch! Seit Jahrtausenden betreiben sie diese Hetzjagd auf Hybriden!“ Jack sah verwirrt zu Chiara, sagte allerdings nichts. Chiara hatte seinen Blick wohl bemerkt, denn sie sprach weiter: „Ich bin selbst ein Hybrid. Halb Elementar, halb Zeitgeist.“ Ein Knallen war zu hören, verursacht von Jacks Stuhl, der ruckartig umgefallen war. Jack war aufgesprungen und starrte Chiara und Roberto ungläubig an: „Ihr … Ihr seid Zeitgeister?! Aber das ist doch unmöglich! Die letzten Zeitgeister sind vor 200 Jahren ins Jenseits verbannt worden!“ Roberto lachte auf: „Ja, das ist so niedergeschrieben. Von Chiara und mir wissen nur der Hohe Rat und die Magical dieser Kleinstadt. Wir sind hierher, um nicht mehr dazu genötigt zu werden, unsere Kräfte zu missbrauchen.“ Seine Tochter donnerte mit der Hand auf den Tisch: „Was erzählst du nur wieder für einen Unfug! Wir sind gegangen, weil sie mein Blut als unrein empfunden haben! 790 Jahr Mitglied des Rates, und auf einmal ist man nicht mehr gut genug!“

Ich seufzte und sah beschwichtigend zu Chiara hinüber: „Jack weiß kaum was aus unserer Welt, vielleicht fängst du mal beim Urknall an, bevor du ihn völlig verwirrst.“ Bevor Chiara anfangen konnte zu erzählen, schwang die Küchentür auf und mein Bruder betrat den Raum. Er steuerte direkt auf unseren Tisch zu, hielt aber in der Bewegung inne, als er Jack erblickte. „Was macht er hier?“ „Er ist ein Magical, ebenso wie wir. Nur mit dem Unterschied hier geboren worden zu sein“, erklärte ich und sah dabei zu Nath. Der nickte, sah aber weiterhin nur Jack an: „Und was bist du?“ Jack sah zu Nath und ihre Blicke kreuzten sich. Nachtschwarz traf auf Giftgrün.

Ich weiß nicht, ob ich die Einzige war, die fühlte, wie die Luft vibrierte. Jacks Stimme holte mich in die Realität zurück: „Hybrid. Ich bin zum Teil Werwolf ebenso wie Vampir.“ Nathan nickte: „Deshalb die dicken Vorhänge und verdunkelten Scheiben in eurer Wohnung.“ Jack nickte: „Meine Mum ist eine Vampirin. Ich selbst beherrsche zwar zum Teil die Kräfte der Vampire, doch bin ich mehr Werwolf als Vampir.“ Mein Bruder nickte und setzte sich auf einen Stuhl, ohne seinen Blick von Jack abzuwenden. Diesen Blick kannte ich nur zu gut. Er durchbohrte Jack förmlich. Ein Seitenblick zu Luce verriet mir, dass er es ebenso mitbekam. „Woher wusstest du, dass wir es sind?“ Naths Stimme klang anklagend, doch dies schien Jack nicht aus der Ruhe zu bringen. „Es war mehr eine Vermutung. Ihr gebt euch zwar Mühe, unauffällig zu leben. Vielleicht macht euch genau das auffällig. Wenn man weiß, dass andere Dimensionen existieren, passt man besser auf.“ Nath zog skeptisch eine Braue hoch, wie er es immer tat, schwieg aber. Tim räusperte sich: „Chiara, wolltest du Jack nicht etwas über unsere Welt erzählen?“ „Ja stimmt. Schätzchen, fang an.“ Roberto lächelte seine Tochter liebevoll an.

Chiara nickte und begann zu erzählen.

9. Kapitel
Chiaras Erzählung

Vor Millionen von Jahren herrschte noch das Helle in Mysteria. Sie nannten sich die Engel und lebten zusammen mit den Geistern im Einklang, denn sie alle standen unter dem Schutz der Götter. Aus den Geistern entwickelten sich nach und nach die magischen Stämme des Lichtes. Heute kennt man sie als Elementare, Metamorphen, Feen, Elfen, Meerjungfrauen und die anderen Geschöpfe der hellen Macht. Diese entstand durch die Kreuzung zwischen den Geistern der Natur und den Engeln. Doch einer der Engel, der Engel Lucifer, sah mehr darin. Undefinierbare Macht. Er begann, sich mit der anderen Seite zu beschäftigen, denn wo Licht ist, ist auch Schatten. Somit machte er sich die dunkle Magie zu eigen, indem er einen Pakt mit den Dämonen der Unterwelt schloss.

Als die anderen Engel dahinterkamen, bekam er die höchste Strafe, die ein Engel erhalten kann: Sie nahmen ihm die Flügel und verbannten ihn in Anubis' Verlies, die Unterwelt! Seine Kreaturen, die wir als Geschöpfe der Nacht kennen, nutzte er, um auch nach seiner Verbannung noch Unruhe zu stiften. Er befehligte sein Heer, um Rache an denen zu nehmen, die ihm das angetan hatten. Er gab erst Ruhe, als der letzte Engel leblos am Boden lag. Die Geschöpfe des Lichts sollten den Engeln folgen, doch diese taten sich zusammen, um gegen die Finsternis anzukämpfen. Die Geburtsstunde des Rates hatte geschlagen. Somit entstand der jahrtausendealte Krieg zwischen den Geschöpfen des Lichts und den Kreaturen der Nacht. Der Krieg zog sich hin und viel Blut floss. Junge Krieger, die auf dem Kriegsfeld ihr Leben ließen, hatten nicht einmal ihre Prüfung abgelegt. Kinder, die ihr Leben noch vor sich hatten, starben in einem Kampf, den sie nicht gewinnen konnten. Bis zu dem Tag, an dem sich alles änderte.

Die junge Hexe Helena war gerade dabei, an der Grenze zum Territorium der Kreaturen der Finsternis zu patrouillieren, als sie einen lauten Schrei vernahm. Einen markerschütternden Schrei, der von der anderen Seite der Grenze kam. Helena war neugierig, sie wollte wissen, was dort war. So überquerte sie gegen jegliche Vernunft die Grenze und trat in den dunklen Tannenwald. Dort war es finster, und Dornen überwucherten den schmalen Pfad, den sie entlangschritt. Die einzige Lichtquelle, die den Wald erhellte, war die flackernde Energiekugel, die über ihrer Handfläche tanzte. In der Ferne waren Kampfgeräusche zu hören. Helena beschleunigte ihren Schritt und näherte sich immer schneller dem Geschehen. Doch was ihre Hexenaugen erblickten, ließ ihr das Blut in den Adern gefrieren. Ein Werwolf lag blutend am Boden, während eine Horde Dämonen um ihn herumstand und lachte.

Es war ein Schock zu sehen, wie die Dämonen mit ihren eigenen Kriegern umgingen. Der große Wolf lag hilflos da, und die Dämonen tranken von seinem Blut. Helena konnte nicht tatenlos zusehen, wie die Schattenwesen einen der ihren töteten. Mit aller Kraft, die sie von den Göttern erhalten hatte, ließ sie ein gleißend helles Licht erscheinen. Dieses steuerte die junge Hexe auf die Schattenwesen zu. Wie zu erwarten zogen sich die Dämonen von dem hellen Licht zurück. Während die Dämonen in die Dunkelheit des Waldes flüchteten, ging Helena auf den Werwolf zu.

Sie erschrak beim Anblick des zerfleischten Gesichts des jungen Mannes. Ohne zu zögern holte sie eine kleine Flasche aus ihrer Umhängetasche und ließ den silbrigen Inhalt in ihre Hand laufen. Vorsichtig kniete sie sich neben den verwundeten Krieger. Dieser knurrte und sah sie durch seine eisblauen Augen drohend an. Doch Helena ließ sich nicht einschüchtern und streckte ihre Hand aus: „Du solltest dir helfen lassen, ansonsten erliegst du in wenigen Stunden deinen Verletzungen und bist verblutet."

„Warum solltest du mir helfen wollen? Ich bin dein Feind!" Das herausfordernde Funkeln in seinen Augen ließ die Junghexe in ihrer Bewegung verharren. Auf diese Frage kannte sie nur eine Antwort: „Weil der Krieg schon genug Tote gefordert hat. Auf beiden

Seiten.“ Sie streckte ihre Hand weiter aus und begann die Substanz behutsam auf seinen Wunden zu verteilen. Das widerwillige Knurren ignorierte sie. Wie erwartet schlossen sich die Wunden, zurück blieben nur rote Stellen. Der Werwolf starrte sie an. Wieso hatte sie keine Angst vor ihm? Er hatte immer gelernt, dass die Wesen des Lichts niemals jemanden verschonten. Und nun half sie ihm, anstatt ihm den Todesschlag zu geben.

Mit ihren langen goldenen Locken sah sie aus wie ein Engel, wie von den Göttern persönlich gesandt. Zu ihm, einer Kreatur, die angeblich gottverlassen war. Die junge Hexe erhob sich wieder und reichte ihm die Hand. Der Werwolf ergriff sie zögernd und ließ sich auf die Beine helfen. Auf denen stand er dann, wenn auch wackelig. „Die Engelstränen heilen zwar die Wunden, doch zu Kräften kommt man dadurch nicht“, erklärte Helena, während sie das kleine Fläschchen wieder verstaute.

Der Werwolf betrachtete ihre zerbrechliche Gestalt ausgiebig. Mit ihrer blassen Haut und den roten Lippen ähnelte sie einer zerbrechlichen Porzellanpuppe. Ihr goldenes Haar umrahmte ihr ovales Gesicht. „Darf ich den Namen meiner Retterin erfahren?“ Helena lächelte höflich: „Helena McTorra, und Ihrer?“ Der Werwolf erwiderte ihr lächelnd, wenn auch gequält: „James Rain.“ Helena staunte nicht schlecht, wen sie da vor sich hatte. Den Prinzen der Werwölfe höchstpersönlich. „Was wollten dir Dämonen von dir?“ Der Werwolf lachte hohl: „Wenn ich das wüsste. Vermutlich wollten sie ihren Blutdurst stillen. Das Blut der Schattenwesen bringt ihnen zwar nicht so viel Kraft wie das der Wesen des Lichtes, doch es reicht wohl aus.“ Helena sah ihn verwirrt an. Er nahm das einfach so hin und sprach darüber, als sei es völlig normal. Perplex schüttelte sie den Kopf: „Und so lässt du mit dir umgehen? Du bist der Prinz der Werwölfe und dadurch der stärkste deiner Art nach deinem Vater!“ „Es ist unsere Aufgabe, Lucifer zu dienen. Wenn dazu auch gehört, seine Dämonen zu nähren, dann ist es so!“ Auch wenn er versuchte, seine Stimme bestimmt klingen zu lassen, hörte Helena doch Zweifel heraus. Plötzlich fiel es ihr wie Schuppen von den Augen: „Ihr habt Angst. Ihr könnt euch nicht gegen sie stellen, weil ihr dann die Stämme des Lichtes und sie als Feinde hättet." Das Schweigen des Wolfes sprach für sich. Sie hatte ins Schwarze getroffen. Ein kaum sichtbares Lächeln huschte über ihr Gesicht. Sie hatte die Chance, den Krieg für immer zu beenden. „Das wird nicht passieren. Schließt euch uns an! Mit vereinten Kräften können wir die Dämonen zurück in die Höhle drängen, aus der sie geflohen sind!" Die Augen des Werwolfes wurden groß: „Nach allem, was passiert ist? Denkst du, die Wesen des Lichtes können das einfach so vergessen?" „Vergessen nicht, aber vergeben."

Noch an diesem Abend trafen sich die Schattenwesen mit der jungen Hexe. Trotz der Angst, die sie verspürte, stellte sie sich allein vor ihre Feinde. Gemeinsam mit James' Hilfe unterbreitete sie ihnen ein Angebot, das Angebot, das heute noch besteht. Das Friedensabkommen zwischen der hellen und der dunklen Seite. Gemeinsam zwangen sie die Dämonen in ihr Gefängnis zurück und versiegelten mit vereinten Kräften das Tor zur Unterwelt. Und obwohl der jahrhundertelange Krieg Narben hinterlassen hatte, die wohl nie ganz verheilen werden, taten sie sich zusammen.

Mit vereinten Kräften bauten sie Mysteria neu auf, ohne Barrieren und Grenzen.

10. Kapitel
Nathan

Chiara hatte ihre Erzählung beendet und sah in die Runde. Nia, Luce und Tim hatten förmlich an ihren Lippen geklebt, während sie erzählte. Dabei mussten die drei die Geschichte doch mittlerweile in- und auswendig kennen. Auch Jack hatte ihr interessiert zugehört. „Der Rat ist eine tolle Sache, doch manchmal haben sie noch alte Anwandlungen. Eine davon ist es wohl, das Blut der Stämme rein zu halten. Dabei vergessen sie aber, dass ihr Blut nie rein war! Nicht zu vergessen, dass Helena damals James geheiratet hat!“ Chiara gestikulierte so wild herum, dass Luce ihren spitzen Gelnägeln ausweichen musste, bevor sie seinen Augen zu nahekamen. „Beruhig dich, Chiara“, Tim lachte sich bei dem Anblick halb tot. Zurecht, es war zu komisch. Chiara hielt in der Bewegung inne und sah in die Runde, ehe sie sich wieder vernünftig hinsetzte: „Wie dem auch sei. Genug Geschichte für heute. Wer will was essen?“ Das zu verneinen wäre dumm gewesen. Roberto machte die beste Pizza in der Stadt. Somit nahm Chiara ihre Bestellung auf und verschwand zu ihrem Vater in die Küche.

Nach einer halben Stunde kam sie auch schon wieder, auf jeder Hand balancierte sie einen großen Teller. Ihr Vater folgte ihr mit den restlichen Bestellungen. „Hier Nath“, sie stellte meine Pizza vor mir ab und setzte sich, ohne zu zögern auf meinen Schoß. Ich musste schmunzeln, während ich ihre Haare über ihre Schulter legte, um sie aus meinem Gesicht zu haben. Sie grinste und lehnte sich an mich: „Alles gut bei dir, Nath? Ich habe dich lange nicht mehr gesehen.“ Ich zuckte nur mit den Schultern, wohl wissend, dass sie es nicht sehen konnte: „Ja, bei mir ist alles gut. Ich würde gerne essen.“ Chiara nickte und stand auf. „Wenn du meinst. Du weißt, ich höre dir immer zu“, raunte sie mir noch ins Ohr, bevor sie sich auf den Stuhl neben mir fallen ließ. Ich sah in die Runde, nur um zu sehen, dass Jack jede meiner Bewegungen beobachtet hatte. Wieso tat er das? Nachdem wir gegessen hatten, verließen wir das Restaurant und machten uns auf den Heimweg.

An einer Kreuzung trennten sich unsere Wege. Tim und Luce gingen rechts entlang, Nia Jack und ich links. Den ganzen Weg über sprach Jack kein Wort. Er starrte vor sich hin und schwieg. Sein Blick war ausdruckslos nach vorn gerichtet, während Nia ihn zutextete. Ich kannte Jack nun gerade mal ein paar Tage, doch selbst ich konnte erkennen, dass er Nia nicht zuhörte. „Ich muss jetzt hier nach links weiter. Wir sehen uns in der Schule", mit diesen Worten wandte sich Jack ab und verschwand, ohne eine Antwort abzuwarten, um die nächste Ecke. Nia warf mir einen fragenden Blick zu: „Hast du ihn kaputtgemacht?" „Ich wüsste nicht, wie. Ich hatte immerhin nichts mit ihm, aber vielleicht nervt ihn dein penetrantes Gelaber. Ich könnte es voll und ganz nachvollziehen!" Ich grinste, als ich in Nias beleidigtes Gesicht sah. Sie wollte zu einer Schimpftirade ansetzen, doch ich unterbrach sie: „Komm. Mum rastet aus, wenn wir nicht bald mit Ares gehen."

Sie schloss ihren Mund wieder und stapfte voraus. Den ganzen Weg bis vor unsere Haustür sprach Nia kein einziges Wort mehr. Nicht, dass ich mich deshalb beschwert hätte. Sie war angenehm, diese Stille des Spätsommers, die nur aus dem Summen der Bienen und dem Zwitschern der Vögel bestand, nur das Summer der Bienen und das Zwitschern der Vögel war zu hören. Ich holte meinen Schlüssel aus der Jackentasche und schloss die Haustür auf. „Hast du Jacks Blick bemerkt?" Verwirrt drehte ich mich zu meiner Schwester um: „Meinst du auf dem Heimweg? Ich dachte, das hätten wir schon geklärt, Nia." Sie schüttelte den Kopf: „Nicht auf dem Heimweg, im Restaurant. Er hat dich und Chiara die ganze Zeit beobachtet." „Und das wundert dich? Chiara ist verdammt hübsch." Nia lachte auf: „Er hat aber nicht Chiara so angesehen." Genervt verdrehte ich die Augen. Hatte Luce sie einer Hirnwäsche unterzogen? Die beiden machten mich fast wahnsinnig. Konnten sie sich nicht um ihre eigenen Probleme kümmern? War mein Leben so viel interessanter? Ohne zu antworten, ging ich hinauf in mein Zimmer. Mit Ares konnte Nia auch allein gehen. In meinem Zimmer ließ ich mich auf Sofa fallen und schloss die Augen. Gegen meinen Willen driftete in einen unruhigen Schlaf. Normalerweise war mein Schlaf traumlos, oder ich konnte mich nicht an einen Traum erinnern. Doch diesen Traum würde ich nicht vergessen.

Ich stand in einem Schloss. Die Wände aus rotem Gestein und die Gänge wurden von fahlem Fackellicht erleuchtet. Kein einziges Fenster war in dem Gang, den ich entlangschritt. Der Ort strahlte eine eigenartige Kälte aus, eine schaurige Kälte. Wo war ich? Ich spürte Augenpaare, die auf mir ruhten, doch als ich mich umschaute, sah ich niemanden. Stattdessen fiel mein Blick auf eine alte, schwere Holztür am Ende des Ganges. Sie schien der einzige Ausgang aus diesem Gang zu sein, also schritt ich auf sie zu. Ich wollte sie öffnen, sie schien von innen verschlossen zu sein. Heftig rüttelte ich am Türgriff, doch der bewegte sich um keinen Zentimeter. Immer wieder warf ich mich gegen die Tür, doch es tat sich einfach nichts. Wieso ließ sich diese Tür nicht öffnen?

„Nathan?“ Eine Stimme ließ mich hochfahren. Der düstere Gang war verschwunden, und ich fand mich in meinem Zimmer wieder. Nia kniete vor dem Sofa und musterte mich skeptisch: „Ist alles gut bei dir, Brüderchen?“ „Ja. Wieso sollte nicht?“ „Weil du schweißgebadet bist und geredet hast“, mit einem skeptischen Blick, legte Nia eine Hand auf meine Stirn. „Fieber scheinst du aber nicht zu haben.“ Ich richtete mich auf und sah sie an: „Hab nur komischen Kram geträumt. Mir geht es gut.“ Meine Schwester sah mich besorgt an, schwieg aber. Sie wusste, dass ich ohnehin nicht genauer darauf eingehen würde, und fand sich damit ab. Reden war eben ihr Part. Ich setzte mich auf, und Nia ließ sich neben mir aufs Sofa fallen. „Was hältst du von einem Ausflug nach Mysteria? Mum wollte, dass wir Großmutter Lucia einen Korb mit frischem Obst vorbeibringen.“

Ich fühlte mich in das Kindermärchen von Rotkäppchen versetzt, als ich mit Nia durch das Portal schritt. Nia hatte den Korb im Arm und summte fröhlich vor sich hin, während wir durch den dunklen Gang liefen. Früher hatte ich es immer gruselig gefunden, dass am Ende eine andere Welt wartete, doch mittlerweile war es Routine. Die Dunkelheit endete, und mir schlug der Geruch von Fichtenholz und Rosen entgegen. Der Gang mündete in Großmutters altmodisch eingerichtetes Wohnzimmer. In dem alten roten Ledersessel saß Lucia und lächelte uns bereits erwartungsvoll an: „Hallo, Harmonia, hallo Nathan. Lange ist es her, dass ihr das letzte Mal vorbeigeschaut habt. Wie geht es euch? Was macht das Training? Hat schon jemand ein Ohr verloren?"

Sie trug ihr graues langes Haar zu einer kunstvollen Frisur hochgesteckt und ihr rotes, bodenlanges Kleid fegte über den Holzboden, während sie auf uns zukam. Nia fiel unserer Großmutter in die ausgestreckten Arme: „Großmutter Lucia, wir freuen uns auch, dich wiederzusehen. Und uns geht es gut." Lucia lachte und drückte ihre Enkelin an sich. Ich sah mich in dem geräumigen Wohnzimmer um. Überall an den Fachwerkwänden hingen Bilder und Urkunden - Auszeichnungen unseres Großvaters für seinen Einsatz im Kampf gegen die Dämonen.

Dass dieser letztendlich sein Leben fordern würde, hätte keiner jemals gedacht. Großvater galt als der mächtigste Elementar des Wassers, den es seit den Machtkriegen gab. Er war noch von der alten Schule und hatte auch auf diese Weise unterrichtet. Ich erinnerte mich gerne an die blauen Flecken und gebrochenen Finger, die für ihn als ein Zeichen für gutes Training galten. Er war ein harter, aber effektiver Trainer, wie man an seiner Tochter sehen konnte. Unsere Mutter hatte mit fünfzehn Jahren bereits ihre Prüfung abgelegt und besaß mehr Stärke und Geschick im Kampf als die meisten älteren Krieger. Ich wünschte mir manchmal, ich hätte mehr Zeit gehabt, von ihm zu lernen, doch dies wurde zunichtegemacht. Alex hatte viel von ihm gelernt. Doch das schien ihm bei seiner Prüfung nichts genützt zu haben. Während der Prüfung zu verschwinden war schier unmöglich. Böse Zungen behaupteten, er sei nicht tot, sondern geflohen, doch ich glaubte nicht daran. Zum einen galt es als unmöglich, die Prüfung unbemerkt zu verlassen, und zum anderen hätte er Nia und mich nie zurückgelassen.

„Mister Gaisgeachd, sind Sie noch anwesend?" Meine Großmutter hatte begonnen, wie wild vor meinem Gesicht zu gestikulieren. „Äh was? Oh, jaja!" Ich schreckte aus meinen Gedanken hoch und sah in die azurblauen Augen meiner Großmutter, die mich skeptisch musterten. „Du hast erst an Großvater und dann an Alex gedacht. Junge, du solltest dir eine Tüte über den Kopf ziehen, wenn du nachdenkst. Es sei denn, du findest es so geil, dass jeder deine Gedanken von deinem Gesicht ablesen kann." Nia krümmte sich vor Lachen, was ich nur mit einem bösen Blick quittierte. Unsere Großmutter beobachtete uns, während sie begann, die Erdbeeren in eine Schüssel umzufüllen. „Ich würde gerne mal eine Kamera aufstellen und dich filmen. Du bist einer der wenigen Menschen, der seine Gedanken bildlich festhalten kann!" Nia grinste mich an.

In meinen Augen waren das genug Sprüche auf meine Kappe, deshalb versuchte ich, das Thema zu wechseln: „Wollen wir noch ′ne Runde durch Mysteria drehen oder gleich nach Hause?" Nia überlegte kurz, grinste dann aber: „Noch ′ne Runde durch Mysteria."

Mit dieser Antwort hatte ich schon gerechnet, und so spazierten wir wenig später durch den dichten Fichtenwald, der das Dorf umgab. Die Elementare des Wassers lebten im Norden, nahe der weißen Klippen und der Nixenbucht. Die übrigens nicht gerade zu meinen Lieblingsorten gehörten. Nixen waren keine angenehmen Zeitgenossen, selbst wenn sie nicht schlecht aussahen. Jedoch waren sie nicht anders als Sirenen und Kelpies. Kein Wunder, dass die Menschen sie hassten und in die Fantasie verbannt hatten. Einem Magical würden sie nie etwas tun, doch Menschen zogen sie für ihr Leben gerne auf den Grund des Meeres. Nia liebte die Kelpies und war von diesen Wassergeistern angetan. Wie vermutlich jedes Mädchen von Pferden. Deshalb überraschte es mich auch herzlich wenig, als ich den See der singenden Schwestern vor mir entdeckte. Der war mitunter der Heimatort der Kelpies. Wie abgesprochen stand bereits eines der Wasserpferde am schwarzen Sandstrand und schüttelte seine lange schwarze Mähne.

„Sieh nur Nath, da ist eines!" Nia quietschte erfreut und legte auf den letzten Metern noch einen Schritt zu. Das Geschöpf betrachtete Nia aus sicherer Entfernung und schritt dann langsam auf sie zu. „Hallo, ihr zwei, was führt euch zum See der singenden Schwestern?" Das Wesen sah uns durch seine warmen braunen Augen an. Nia trat vor und lächelte höflich: „Wir machen einen Spaziergang um den See." Das Kelpie nickte: „Nun, dann werde ich euch nicht daran hindern. Nur gebt acht auf die Sirenen, sie sind dem Rat nicht mehr so wohl gesonnen." „Wie dürfen wir das verstehen?" Ich zog eine Augenbraue hoch und sah das Kelpie skeptisch an. Das begann zu reden: „Genaues kann ich nicht sagen, doch sie sind nicht mehr zufrieden. Sie wollen aus dem Rat austreten und haben sich bereits geweigert, das Friedensabkommen zu unterschreiben. Angeblich hat Lucifer seine Hände mit im Spiel, aber das ist nur ein Gerücht. Angeblich will er die Kreaturen der Dunkelheit zurück, um die helle Seite zu löschen!"

Nia schluckte hörbar und auch mir wurde gleichzeitig heiß und kalt. „Und … und wie steht es bei euch?" Nia sah das Pferd abwartend an. Dieses neigte den Kopf: „Wir sind dem Rat treu und werden dies auch nicht ändern. Ebenso die Nixen und die Werwölfe. Für die Vampire spreche ich hier nicht. Sie werden vermutlich die Nächsten seien, die den Sirenen folgen." „Wer sagt uns, dass du nicht lügst?" Nia sah das Kelpie herausfordernd an. Es schnaubte ruhig: „Ich bin zwar zur Zeit des Rats geboren, doch auch ich kenne die Horrorgeschichte des Krieges. Kein Kelpie würde dies freiwillig wählen. Doch sollte es soweit kommen, stehen wir für die Rückkehr des Friedens! Dass wir den unter Lucifer nicht haben, hat uns die Vergangenheit gezeigt." Das Pferd sah fest entschlossen zwischen Nia und mir hin und her. Mit zwei Stämmen der Nacht konnte auch der Teufel nicht viel ausrichten, aber wie stand es um die anderen Stämme? Hatten meine Eltern recht und rückte ein zweiter Krieg immer näher? Das Kelpie hatte sich abgewandt und schritt zurück ins kalte Wasser des Sees. Zu sehen waren nur noch die Hufabdrücke im schwarzen Sand. Ich sah zu Nia hinüber, die wie versteinert auf die Wasseroberfläche starrte. Die kleinen Wellen, die das Kelpie hinterlassen hatte, ebbten langsam ab. „Hast du das gehört, Nathan? Es ist wahr, der Teufel baut seine Armee auf."

12. Kapitel
Nathan

Einige Wochen waren bereits vergangen, seit wir das Kelpie getroffen hatten, und langsam wurde es kalt draußen. Die Blätter färbten sich bunt und die Vögel versammelten sich für ihren Flug in den Süden. Gemeinsam mit Nia und Jack spazierten wir mit Ares durch den herbstlichen Wald. Während Nia vorweg rannte und mit dem Dobermann durchs Laub tollte, lief ich neben Jack, der die beiden lachend beobachtete. „Die beiden sind echt verrückt!“ Ich nickte und sah, wie Nia sich im Laub herumrollte, der Dobermann immer an ihrer Seite. Ich schmunzelte: „Kein Wunder, dass das einem Hündchen gefällt.“ Dabei galt mein Blick nicht Ares, sondern Jack.

Nach dem Treffen bei Chiara und Roberto hatte Jack mit uns trainiert. Am Anfang stand ich dem Ganzen noch sehr kritisch gegenüber nach allem, was gerade passiert war: Lunas Warnung, die Weigerung der Vampire, den Friedensvertrag zu verlängern, das Gespräch mit dem Kelpie und dessen Befürchtung, was die Kreaturen der Dunkelheit betraf. Mittlerweile hatte ich meine Einstellung Jack gegenüber geändert. Natürlich war ich immer noch vorsichtig, aber er hatte etwas an sich. Etwas, was mich dazu brachte, ihm zu vertrauen. Vielleicht war es sein ansteckendes Lachen. Oder die Tatsache, dass mir seine Augen den Atem raubten. „Spar dir deine Sprüche, oder soll ich dich daran erinnern, dass dich das Hündchen gestern auf die Matte geschickt hat?“,

Jacks Stimme riss mich aus meinen Gedanken. Ich zuckte nur mit den Schultern: „Das war bloß ein, wie sagt man, Glückstreffer.“ Auch wenn ich mich dagegen wehrte, schlich sich ein Lächeln auf meine Lippen. Eine Faust traf mich am Oberarm und Jack grinste mich an: „Bild dir das bloß ein.“

Ein markerschütternder Schrei schreckte uns auf. „Nia?!“, meine Schwester war nirgendwo zu sehen. Fuck! Sofort rannte ich den

Weg entlang, den Nia entlang gegangen war. Adrenalin schoss durch meine Adern, während ich mich durch das Unterholz schlug und durch tiefhängende Zweige brach, die mir die Sicht versperrten. Vor mir lag der See und an seinem Ufer stand meine Schwester. Wie versteinert starrte sie aufs Wasser. „Nia, verdammt!", meine Schwester bewegte sich nicht. Ein schwarzer Wolf schoss an mir vorbei und sprang ins Wasser. Jack musste sich wohl verwandelt haben.

Als ich bei meiner Schwester ankam, war ihr Gesicht kalkweiß und sie starrte noch immer auf den See. Ich folgte ihrem Blick, und was ich sah, ließ mir das Blut in den Adern gefrieren. Dort trieb ein lebloser Körper. Der Wolf hatte ihn an der Kleidung gepackt und zog ihn zum Strand. Erst als Jack mit dem Körper näherkam, erkannte ich, um wen es sich da handelte. „Melissa ...!"

Nias Stimme klang kraftlos. Jack hatte mittlerweile den Strand erreicht und sich zurückverwandelt. Er legte das blonde Mädchen in den Sand: „Melissa, verdammt, wach auf!" Er griff nach ihrer Hand: „Scheiße, kein Puls!" Während Jack mit einer Herzmassage begann, sackte Nia neben mir weinend zu Boden. „Sie darf nicht tot sein. Nath, bitte sag mir, dass sie nicht tot ist!" Ich sah zu Jack, der verzweifelt versuchte, ihr Herz wieder zum Schlagen zu bringen. Unser Dobermann setzte sich neben Nia. Sofort schlang sie die Arme um ihn und drückte ihr Gesicht in sein Fell.

Ichging zu Jack, der sich noch immer über Melissas leblosen Körper beugte. „Jack." Er sah mich nicht an, verzweifelt setzte er seine Wiederbelebungsmaßnahmen fort. „Jack!" Ich versuchte erneut, zu ihm durchzudringen, doch er wirkte wie weggetreten. „Jack, verdammt! Es ist zu spät, sie ist tot!" Mit ganzer Kraft riss ich ihn von Melissa weg und schlang meine Arme um ihn. Schluchzer erschütterten seinen Körper. Gemeinsam ließen wir uns zu Boden sinken. „Ich - ich konnte nichts machen, Nath! S - sie war tot, als ich sie im Wasser erreichte!" Krampfhaft krallte er sich an mir fest, als sei ich das Einzige, was ihn noch hielt. Beruhigend strich ich ihm über den Rücken: „Ich weiß, Jack. Du hast es versucht."

Nia kniete neben Melissa, deren matte Augen ausdruckslos in den Himmel starrten und in deren blonden Haaren sich Algen verfangen hatten. Ihre Beine zeigten Bissspuren. An manchen Stellen schienen Stücke herausgerissen zu sein. Ihr Kleid war blutverschmiert. „Du warst das nervigste, oberflächlichste Mädchen, das ich kannte. Aber das …“, Nia schluchzte leise, „… das hätte ich dir niemals gewünscht.“

Sanft schloss sie Melissas Augenlider und drehte sich zu uns um: „Das sieht nach dem Übergriff einer Sirene aus!“ Ich sah zu Melissas Körper, dann zu Nia. Meine Schwester zückte ihr Handy: „Ich rufe Luces Vater an. Er ist nicht nur Polizist in der Menschenwelt, sondern auch der Vorsitzende der Gruppierung, die sich mit Angriffen auf Menschen auseinandersetzt.“ Ihre Stimme klang fest, doch ich erkannte, dass dies nur aufgesetzt war.

Während Nia telefonierte, saßen Jack und ich noch immer im Sand des Seeufers. „Nath, du blutest ja.“ Jack betrachtete meine Hand. Tatsächlich zogen sich tiefe Kratzer über meinen Handrücken. Erst jetzt spürte ich die dicke warme Flüssigkeit, die meinen Unterarm hinablief. „Das muss passiert sein, als wir zu Nia gerannt sind. Vor Panik habe ich es wohl nicht gemerkt.“ Jack nickte verstehend und riss dann scheinbar fast ohne Kraftaufwand den Ärmel seines Pullovers ab. Vorsichtig und darauf bedacht, mir nicht wehzutun, verband er damit meine blutende Hand. Jetzt, wo ich mich beruhigte, spürte ich den Schmerz. Ich zog scharf den Atem ein, als Jack den provisorischen Verband zuknotete. Sofort hielt er in der Bewegung inne und sah mich entschuldigend an: „Tut mir leid, das wollte ich nicht.“ Ich lächelte matt: „Schon gut. Ich bin Schlimmeres gewöhnt.“ Jack nickte und sah dann zu dem leblosen Körper unserer Mitschülerin. Es war ein schrecklich trauriger Anblick. Nach Nias Anruf dauerte es nicht lange, bis sich am See Polizisten und Sanitäter tummelten. Luces Vater kam direkt auf uns zu und befragte uns, während seine Kollegen den Tatort sicherten.

„Schreckliche Sache, Nathan", bestätigte Luces Vater, nachdem ich meinen Bericht beendet hatte. „Ein Mensch hätte niemals sterben dürfen, egal, was gerade in Mysteria los ist." Ich nickte und sah zu Nia. Sie starrte noch immer zu Melissas Leiche, die mittlerweile von einem weißen Leichentuch verdeckt war. „Sind Luce und Tim aus Mysteria zurück?", fragte Jack, der in eine Wolldecke gehüllt neben uns stand. Seine nasse Kleidung klebte an seinem Körper. Luces Vater nickte: „Die beiden wollten unbedingt mit. Doch Luce musste auf die Wache." Diese Worte trafen mich wie ein Schlag. „Warum? Was ist los, Pierre?" Luces Vater seufzte und sah mich an: „Er war der Letzte, der Melissa lebend gesehen hat." „Was! Ich muss zu ihm!" „Du fährst erst mal mit den Sanitätern ins Krankenhaus. Die Wunden auf deiner Hand müssen genäht werden."

Unser Vater war mittlerweile eingetroffen und stellte sich neben Pierre. Ich schüttelte energisch den Kopf: „Quatsch, wegen der Kratzer doch nicht! Ich will zu Luce!" Pierre legte mir beschwichtigend die Hand auf die Schulter: „Mach dich nicht verrückt. Er hat sich ja nichts zuschulden kommen lassen und Tim ist bei ihm. Du musst deine Hand richtig untersuchen lassen." Ich schüttelte nur den Kopf. Mein bester Freund saß in der Patsche und ich sollte wegen eines Kratzers ins Krankenhaus? Plötzlich legte sich eine Hand auf meine Schulter. Jack stand neben mir und sah mich an: „Wir fahren mit ins Krankenhaus. Wenn du recht hast und es nur eine kleine Schramme ist, dann bring ich dich sofort zu Luce. Wenn es schlimmer ist, dann wird Luce es sicher verstehen." Seine Stimme war ruhig und doch bestimmend. Ich konnte nur nicken, als er mich ansah. Ohne dass ich weiter protestierte, brachte mich Jack zu den Sanitätern. Sie waren gerade mit der Untersuchung meiner Schwester fertig und unterhielten sich mit meinem Vater.

„Ihre Tochter steht lediglich unter Schock. Ihren Sohn nehmen wir mit, seine Hand beunruhigt uns", erklärte der große braunhaarige Sani meinem Dad. Der nickte und wandte sich dann an mich:

„Ich würde Nia lieber nach Hause bringen." „Ich fahre mit ihrem Sohn mit und passe auf, dass er sich behandeln lässt." Jack lächelte meinen Vater an und legte einen Arm um mich. Mein Vater musterte ihn erst skeptisch, nickte dann aber sichtlich dankbar: „Ich danke dir, Jack. Nathan, melde dich, sobald die Ärzte wissen, was los ist, bei deiner Mutter. Ich muss noch mal an die Arbeit." Ich nickte meinem Vater zu, bevor ich in den Krankenwagen kletterte. Jack folgte mir und der Wagen setzte sich in Bewegung.

Im Krankenhaus wurden Jack und ich sofort in den Schockraum gebracht. Es dauerte einige Minuten, bis jemand zu uns kam, um meine Wunde zu begutachten. Mittlerweile hatte die Wunde angefangen, eigenartig zu kribbeln, doch ich schwieg. Ich wollte meine Mitmenschen nicht noch mehr verunsichern. Eine kleine junge Ärztin kam sofort angerannt und entfernte den provisorischen Verband, der die Blutung vorübergehend gestillt hatte. „Hallo Nathan, ich wurde schon darüber unterrichtet, dass du kommst. Ich bin Laja McCansey."

Ihre braunen Haare waren zu einem Pferdeschwanz gebunden. Ein Blick in ihre gelb leuchtenden Augen verriet mir, dass ein Werwolf vor mir stand. „Dein Vater hat mich angerufen und gebeten, deinen Fall zu übernehmen." Ich sagte nichts, starrte nur auf die tiefen Schnittwunden auf meinen Handrücken. „Freut uns, dich kennenzulernen, McCansey." Jack lächelte sie höflich an. „Die Freude ist ganz meinerseits, auch wenn die Umstände schöner sein könnten. Du musst Jack sein. Schön, nicht mehr der einzige Wolf in dieser Stadt zu sein." Die brünette Werwölfin schenkte meinem Begleiter ein freundliches Lächeln, während sie sich daran machte, die Wunden zu säubern und zu desinfizieren. Jack erwiderte ihr Lächeln höflich: „Mich freut es auch, einen anderen Werwolf kennenzulernen."

Das Desinfektionsmittel brannte höllisch und ich zog scharf die Luft ein. Jack griff nach meiner anderen Hand und drückte sie sanft: „Alles gut. Das Brennen lässt schnell nach." „Das will ich doch hoffen, denn sonst gehe ich jetzt!“, knurrte ich. „Das Brennen ja, aber ich muss das nähen. Leider kann ich dich nicht betäuben, weil du erst etwas gegessen hast.“ Ich wollte gerade fragen, woher sie das wusste, als mir einfiel, dass ich mit einem Werwolf sprach. Sie wird die Reste meines Mittagessens gerochen haben. Jack warf mir einen besorgten Blick zu, doch ich lächelte nur. Während Laja zu nähen begann, sah er mich durchgehend an. Wie ich es gelernt hatte, verzog ich keine Miene und sah in Jacks Augen, die mich besorgt musterten. „So, fertig. Du bist echt so, wie man sich erzählt, Nathan Gaisgeachd.“ Mit diesen Worten packte McCansey das Nähzeug weg und verließ das Zimmer.

Ich betrachtete meine Hand abschätzend. „Hey, das wird bloß eine kleine Narbe geben.“ Jack nahm meine Hand in seine und strich vorsichtig mit seinem Daumen über meinen Handrücken, darauf bedacht, mich nicht zu verletzen. Ich zuckte mit den Schultern: „Ja, eine Narbe von so einem kleinen Stöckchen im Wald oder einer Minidorne. Total geil, oder? Narben sollten Geschichten erzählen!“ Jack seufzte und betrachtete weiterhin meine Hand. „Narben erinnern dich an Dinge, die du vergessen willst. Sie verschwinden nie, Nathan.“ Ich sah schweigend auf meine Hände, die immer noch in seinen lagen. Erst jetzt fielen mir die kleinen, feinen, weißen Narben auf, die sich über seine Hände zogen. Einige sahen frisch aus, andere schienen schon Jahre alt.

Laja kam schwungvoll zurück ins Zimmer und betrachtete uns schmunzelnd: „Ein süßes Paar, ihr zwei.“ Wie vom Blitz getroffen fuhren wir auseinander. „Was? Nein, wir sind doch nur Freunde,“ versuchten wir die Lage zu erklären. McCansey zuckte mit den Schultern und überreichte mir einen Zettel: „Komm dann wieder, um die Naht untersuchen zu lassen. Und ruh dich aus. Das Ganze soll doch verheilen, oder? Also erst mal kein Training.“ Während sie mich zurechtwies, hatte sie meine Hand verbunden. „Ihr dürft jetzt gehen.“ Das ließen wir uns nicht zweimal sagen. Schnell verließen wir den Schockraum und anschließend das Krankenhaus.

Kaum waren wir draußen, pfefferte ich den Zettel in den nächsten Mülleimer. Mein Begleiter sah mich fragend an. Ich zuckte nur mit den Schultern: „Wir Magical haben übernatürliche Heilkräfte, und die Fäden kann ich mir auch selbst ziehen."

Vor dem Krankenhaus wartete eine Überraschung. Luce und Tim standen auf dem Parkplatz, gegen ihre Motorräder gelehnt. „Da sind die beiden ja endlich", Tim grinste uns an. Ohne zu antworten, steuerte ich auf Luce zu und umarmte ihn: „Was hast du nur gemacht? Auf der Polizeiwache, verdammt!" Ich spürte, wie die Anspannung aus dem Körper meines besten Freundes wich und er meine Umarmung erwiderte. „Ich bin schuld, Nath, nur ich!" Ich ließ von ihm ab und schüttelte den Kopf. „Nein du bist nicht schuld, Luce!" „Doch, ich hätte sie nicht allein lassen sollen! Ich hätte darauf bestehen sollen, sie zu begleiten." Ich sah völlig verwirrt zu Luce, der sich gerade die Tränen aus dem Gesicht wischte. Schluchzer erschütterten seinen Körper. So hatte ich Luce noch nie gesehen. Der hochgewachsene sportliche Junge war sonst immer glücklich und zu Scherzen aufgelegt. Jetzt stand er vor mir, wie ein Häufchen Elend. Was würde Nia jetzt tun? Warum war sie nicht hier? Jack räusperte sich: „Was haltet ihr davon, wenn wir uns irgendwo hinsetzen und Luce uns alles in Ruhe erzählt?" Wir nickten und machten uns mit den Rädern auf den Weg zu Robertos Pizzeria.

Die Pizzeria war wie immer gut besucht und Chiara wuselte von Tisch zu Tisch, um die Bestellungen aufzunehmen. Ihre dunkelbraunen Haare hatte sie zu zwei seitlichen Zöpfen geflochten, die bei jedem Schritt hin und her wippten. Zwischen zwei Bestellungen nickte sie uns kurz zu. Wir setzten uns an unseren etwas abseitsstehenden Stammtisch.

„Also Luce, was ist passiert?" neugierig sah ich zu meinem besten Freund. Luce seufzte und begann zu erzählen: „Melissa hat mich mal wieder nach einem Date gefragt. Sie meinte, dass sie mich danach nie wieder damit belästigen würde. Also stimmte ich ihr zu, und so trafen wir uns gestern hier im Restaurant." Luce machte eine Pause, um seine Gedanken zu sortieren. „Sie war so anders als in der Schule. Sie war lustig und nicht so oberflächlich. Wir hatten tatsächlich Spaß zusammen. Wir haben uns hier verabschiedet. Mir hat sie gesagt, ihr Vater würde sie vorm Einkaufszentrum abholen. Ich wollte sie zwar bis dahin begleiten, doch sie meinte, dass sie die paar Meter auch allein schaffen sollte." Jack nickte: „Und was hast du dann getan?"

„Er kam zurück ins Restaurant." Es war Chiara, die antwortete. Sie kam zu uns und setzte sich auf den freien Stuhl neben Tim. „Er kam zu mir in die Küche und hat sich Vorwürfe gemacht, wie voreingenommen er von der Kleinen war." Luce nickte, dann knallte er den Kopf auf die Tischplatte. „Das entlastet dich doch. Du hast sie vielleicht als Letzter gesehen, doch du bist ihr ja nicht gefolgt", ich sah meinen Freund an. Der seufzte nur: „Ich hätte darauf bestehen sollen, sie zu begleiten! Ich hätte sie beschützen sollen!" Tim räusperte sich und sah in die Runde: „Bin ich denn der Einzige, der sich fragt, wie Melissa vom Kaufhaus zum See kam?" Ich zuckte mit den Schultern: „Nia meinte, dass eine Sirene sie getötet hätte." „Aber auch eine Sirene kann jemanden nicht von der Innenstadt zum See locken." Chiara sprach aus, was wir alle wussten. „Luce, zerbrich dir nicht den Kopf. Wenn jemand es schafft, das zu klären, dann dein Vater." Tim lächelte unseren Freund aufbauend an. Luce nickte, schwieg aber. Jeder von uns wusste, was dies bedeutete. Wir standen kurz vor einem Krieg.

13. Kapitel
Nia

Melissas Tod war nun drei Wochen her und unsere Herbstferien hatten begonnen. Langsam konnte man die Wochen bis zu Naths und meinem Geburtstag an einer Hand abzählen. Melissas Tod hatte uns alle sehr mitgenommen. Mittlerweile hatten wir erfahren, dass Melissas Vater sie nicht hatte abholen können. Der hatte seit dem Tod seiner Frau ein Alkoholproblem und war an dem Abend wohl zu betrunken gewesen, um Auto zu fahren. Melissa hatte sich geschämt. In ihren Schwärmereien war ihr Vater immer noch der erfolgreiche Immobilienmakler und nicht der arme Wicht, der seine Frau verloren hatte. Und nun hatte ihm das Leben auch noch seine Tochter genommen. Somit musste sie zu Fuß nach Hause und am See vorbei, der auf ihrem Heimweg lag. Jetzt bekam ich immer Mitleid, wenn ich an sie dachte. Lügen konnte ich zwar nicht leiden, doch war dies bei ihr anders. Sie hatte sich doch nur geschämt.

„Nia, duck dich!" Die Warnung kam zu spät. Eine Flamme schoss auf mich zu und streifte meine Wange. Überrascht taumelte ich zurück und verlor das Gleichgewicht. Noch bevor ich auf dem Boden aufschlug, packte mich jemand am Handgelenk und zog mich wieder auf die Beine. Ich sah in Luces rehbraune Augen, die mich skeptisch musterten: „Wenn du mit deinem Kopf woanders bist, können wir das Training auch beenden." Verwirrt sah ich mich um. Ich hatte für kurze Zeit vergessen, wo ich war. Doch Nathan, der nur wenige Meter entfernt gerade gegen einen schwarzen Wolf kämpfte, holte mich in die Realität zurück. In unserem Trainingsraum im Keller hatte ich wohl gerade einen Kampf gegen Luce verloren. Reflexartig legte ich meine Hand an die Wange, die Luce soeben knapp verfehlt hatte. Luce lächelte matt: „Keine Sorge, Niechen, ich hab dich nicht getroffen. Sonst würde es hier jetzt vermutlich verbrannt riechen. Das war sehr knapp." „Ich war wohl in Gedanken. Tim, lös mich mal ab." Tim kam, wir klatschten ab und ich verließ den Kampfbereich. Die leichte Verbrennung auf meiner Wange pulsierte zwar, doch ich ignorierte den Schmerz. Von wegen verfehlt. Luce traf immer ins Schwarze. „Guter Versuch, Hündchen, doch da musst du schon schneller sein!" Nathan und Jack erregten meine Aufmerksamkeit. Nath schickte einen starken Luftstoß in Richtung des Werwolfes. Dieser wich blitzschnell aus und sprang gegen die Wand, nur um kurz darauf auf meinem Bruder zu landen. Die Wucht des Tieres riss ihn zu Boden und sie fanden sich auf der Matte wieder. Ich musste schmunzeln, als Jack sich zurückverwandelte und sich siegessicher aufstellte.

Diese Rechnung hatte er allerdings ohne Nath gemacht, denn dieser schaffte es, ihm die Beine wegzuziehen. Und schon lagen beide wieder scherzend auf der Matte. „Dieser Jack schafft es echt, deinem Bruder zum Lachen zu bringen." Die Stimme meines Vaters ließ mich herumwirbeln. „Ja. Erstaunlich, oder?" Mein Vater nickte und sah zu den beiden. Ich kannte diesen Blick. Er traute Jack nicht über den Weg. Unser Vater war ein sehr misstrauischer Mann. Das konnte man sich denken, wenn man berücksichtigte, dass er ein Kind verloren hatte. Doch wenn ich mich an Alex' Worte erinnerte, war Dad schon immer so. Unser Ältester pflegte Dad einen Helikoptervater zu nennen. „Dad, Jack ist ein toller Junge!" „Das glaube ich dir gerne, Niechen," lächelnd wuschelte er mir durch die Haare.

Versuchten mich in letzter Zeit alle für dumm zu verkaufen? Nathan log mich an, was seine Gefühle zu Jack betraf. Luce wich mir bei dem Thema Melissa immer wieder aus. Oder meinte er nur, dass er schon damit klarkommen würde? Und jetzt versuchte Dad auch noch, mich zu verschaukeln. Ich sah doch, wie er Jack und Nathan immer musterte. Er traute Jack nicht über den Weg und wollte ihn am liebsten von seinem Sohn fernhalten. „Fühlst du dich bereit für eure Prüfung? Ich habe nun den Termin.“ Ich fühlte mich nicht im Geringstem bereit, doch das wollte ich natürlich nicht zugeben. „Wann, Dad?“ „Am 20. November. Tut mir leid, Nia, später war nicht möglich.“ Dad sah mich entschuldigend an. Ich schenkte ihm ein verständnisvolles Lächeln und sah wieder zu Nathan und Jack. Die beiden hatten ihr Training ebenfalls beendet und kamen auf uns zu. „Hey Dad!“ „Hallo, mein Sohn, freut mich, dich zu sehen. Hallo Jack,“ mein Vater lächelte kurz, ehe er sich wieder zum Gehen wandte.

Als die Tür hinter ihm zugefallen war, hörte ich Naths hohles Lachen. „Immerhin hat er zugeguckt,“ versuchte ich Nath zu beschwichtigen. Mein Bruder nickte: „Oh ja, ich vermerke den Tag im Kalender.“ Jack sah verwirrt zwischen uns beiden hin und her. „Dad und Nathan haben ein schwieriges Verhältnis. Wenn er uns trainiert, nimmt er Nathan sehr hart ran, und ansonsten geht er ihm aus dem Weg.“

Ich versuchte, die Sache zu erklären, doch Nath schnaubte nur: „Ich bin halt nicht Alex, und das stört ihn! Mir fliegt nicht alles zu!“ Ohne ein weiteres Wort stapfte Nath aus dem Raum. Jack folgte ihm und ich konnte den beiden nur verdutzt hinterher sehen. „Wo sind Nath und Jack hin?“ Tim kam auf mich zu. Ich zuckte lediglich mit den Schultern und setzte mich auf den Boden. Tim tat es mir gleich, und auch Luce gesellte sich zu uns. „Wissen wir, wohin Jack und Nath verschwunden sind?“ Ich schüttelte den Kopf. Luce nickte knapp und griff nach einer Wasserflasche. Er verbarg nicht, dass ihn das störte. Nath war sein bester Freund, und der verbrachte nur noch Zeit mit Jack. „Luce, er wird dich nicht ersetzen,“ ich griff nach seiner Hand. Mein Freund sah auf und sah mir in die Augen: „Ich weiß, Nia, aber trotzdem ist es komisch.

Nath und ich haben lange nicht mehr miteinander geredet. Das fehlt mir.“ Abgesehen davon war Nath derjenige, der Jack nicht über den Weg getraut hatte, und mir fiel es sehr schwer, mir vorzustellen, dass sich dies schon geändert haben sollte. „Wir gehen dann mal. Tschüss, Nia,“ mit diesen Worten verabschiedeten sich meine Freunde und verließen den Trainingsraum. „Tschüss, ihr zwei!“, rief ich ihnen noch nach, ehe die schwere Tür hinter ihnen zufiel. Nun saß ich allein in dem leeren Trainingsraum. Ich musste tief seufzen. Es hatte Zeiten gegeben, in denen wir hier zusammen aufgeräumt hatten und danach essen gegangen waren.

Ich räumte die Trainingsgeräte weg und ging dann hinauf unter die Dusche. Das warme Wasser tat mir gut. Jetzt schon spürte ich den Muskelkater, den ich morgen zu erwarten hatte. Jeder Muskel meines Körpers schmerzte. Luce schien heute gut gelaunt zu sein. Immer, wenn er schlechte Laune hatte, ließ er die beim Training raus. Nach dem Duschen zog ich mein weißes Nachthemd an. Auf den Weg in mein Zimmer fiel mir auf, dass Nathans Zimmertür offenstand. Stimmen drangen daraus hervor. Zu meiner Überraschung traf ich dort nicht nur auf Nath, sondern auch auf Luce. Die beiden saßen auf dem Sofa, jeder eine Flasche Bier in der Hand. „Hey, Niechen, schnapp dir ein Bier und setz dich zu uns!“ Luce klopfte einladend auf den Platz zwischen ihm und Nath. Ich ließ mich nicht zweimal bitten, griff nach einem Bier, das auf dem Tisch stand, und warf mich zwischen die beiden aufs Sofa.

„So, Nath, was läuft jetzt zwischen dir und Jack?“ Luce grinste meinen Bruder wissend an. Der verdrehte die Augen und nahm einen Schluck Bier. Ich lächelte meinen Bruder an: „Komm schon, Nath, uns kannst du es doch erzählen.“ „Mann, ihr beiden, da ist nichts. Ich muss gestehen, dass ich Jack mittlerweile akzeptiere, aber nicht mehr.“

Luce und ich wechselten fragende Blicke und ließen das Thema dann auf sich beruhen.

„Wie wollt ihr beiden eigentlich euren Geburtstag feiern?“, wechselte Luce das Thema. Nath sah mich an. Darüber hatten wir noch nicht nachgedacht. Ich trank einen Schluck und wandte mich dann an Luce: „Da haben wir noch nichts Konkretes geplant. In letzter Zeit ist so viel passiert, wenn du verstehst.“ Ich musste nicht weiterreden, Luces Blick verriet mir, dass er verstand, was ich meinte. Nath sah seinen besten Freund besorgt an: „Du machst dir immer noch Vorwürfe wegen Melissa, oder?“ Luce brauchte nicht zu antworten, sein Blick sprach Bände. Melissas Tod hatte ihn sichtlich getroffen. „Jahrelang hat sie mich immer genervt, und jetzt fehlt sie mir. Ich kann nicht schlafen, weil ich immer wieder ihr Gesicht sehe. Wie sie mich ansieht …“ Mitfühlend legte ich Luce eine Hand auf die Schulter: „Hey, es ist nicht deine Schuld. Du wusstest nicht, dass sie nach Hause gelaufen ist.“ „Ich hätte sie nicht allein gehen lassen sollen!“, deprimiert stützte Luce sein Gesicht in die Hände. Es war ein seltsamer Anblick, den sonst so fröhlichen Jungen so zerstört zu sehen.

Ich sah zu Nath, der mit der Situation sichtlich überfordert war. Gefühle waren noch sie seine Welt gewesen. Und jetzt brauchte sein bester Freund viel Mitgefühl. „Luce, es ist nicht deine schuld! Woher hättest du das Wissen sollen? Woher hätte das überhaupt jemand ahnen können? Melissa war vielleicht eine aufgesetzte Puderquaste, doch das hab nicht mal ich ihr gewünscht.“ Nath legte ebenfalls eine Hand auf Luces Schulter. Unser Freund seufzte und sah zwischen uns beiden hin und her. Sein Gesicht war bleich, und in seinen Augen hatten sich Tränen gebildet: „Was wollte sie auch so nah beim See? Verdammt, sie konnte doch nicht mal schwimmen!“ Nath strich über seinen Rücken: „Du weißt, wie mächtig Sirenen sein können. Magical können nur mit viel Selbstbeherrschung ihrem Gesang widerstehen. Ein Mensch ist ihnen schutzlos ausgeliefert.“ Luce nickte und sagte nichts mehr. Den restlichen Abend versuchten wir, das Thema zu meiden, und unterhielten uns über belanglose Themen. Gegen Mitternacht verließ Luce unser Haus und machte sich auf den Heimweg.

Nathan und ich saßen nun allein auf seinem Sofa und starrten die Decke an. „Meinst du, Luce kommt irgendwann damit klar?“, fragte ich meinen Bruder. Dieser erwiderte meinen Blick: „Kommst du denn damit klar?“ Ich zuckte mit den Schultern: „Bis jetzt habe ich es gut verdrängt.“ Nathan nickte und sah wieder an die Decke. „Melissa war zwar `ne kleine Schlampe, aber das habe ich ihr sicher nicht gewünscht." „Du hast dich ihr gegenüber auch immer wie ein Arsch verhalten, Nathan." Mein Bruder sah mich verwirrt an. „Du hast sie immer beleidigt, sie verarscht, wo du konntest und sogar deine Zigarette auf ihrer Handfläche ausgedrückt," fuhr ich fort. Nath seufzte: „Okay, ich habe mich ihr gegenüber vielleicht nicht immer gut verhalten." „Du hast dich ihr gegenüber nie fair verhalten. Vielleicht hat es dich ja gestört, dass sie etwas von Luce wollte und nicht von dir." Mein Bruder lachte hohl: „Genau, ich war eifersüchtig! Ich weiß ja nicht, ob du es mitbekommen hast, aber Melissa war nie sonderlich mein Typ." Ich schmunzelte. „Genau. Du stehst mehr auf dunkelbraune Haare, dunkle Augen und Muskeln." Nathan, der gerade nach seiner Bierflasche greifen wollte, hielt in der Bewegung inne und starrte mich an. Ich lächelte unschuldig und lehnte mich zurück.

„Nia, merkst du eigentlich, was du da für ne Scheiße laberst?", mein Bruder sah mich verärgert an. Ich zuckte lediglich mit den Schultern: „Ich finde, ich habe Jack sehr gut beschrieben." Mein Bruder verdrehte die Augen und sah mich genervt an: „Jack sieht vielleicht sehr gut aus. Seine schönen dunkelbraunen Augen sind beinah so dunkel wie der Nachthimmel. Und seine Haare liegen einfach immer perfekt. Wie elegant er sich während des Trainings bewegt, das hat schon was Majestätisches. Nicht zu vergessen sein atemberaubendes Lächeln. Ich glaube nicht, dass er es merkt, aber wenn er lächelt, kann man seine spitzen Eckzähne sehen." Ich musste nichts sagen, Nathans Blick verriet alles. Mein Bruder sah mich mit seinen weit aufgerissenen giftgrünen Augen an. „Tja Brüderchen, so was nennt man dann wohl verliebt." Ich schenkte ihm noch ein Lächeln, ehe ich sein Zimmer verließ.

14. Kapitel
Nia

Müde saß ich in der Pizzeria an unserem Stammtisch und sah hinaus auf die verregnete Straße. Meine Laune schien sich dem Wetter anzupassen. Träge hatte ich mich aus meinem warmen Bett gepellt, mir meine Jogginghose und ein altes T-Shirt angezogen und mich in den Bus gesetzt.

Nun saß ich hier und beobachtete die Regentropfen, die sich ein Wettrennen an der Fensterscheibe lieferten. Stumm feuerte ich sie an, bis sie aufs Fensterbrett tropften. „Angelito, wie geht es dir?", Chiara setzte sich neben mich und schob mir eine Tasse mit dampfendem Tee hin. Dankend nahm ich an. Das warme Porzellan wärmte meine Hände. „Sind die Albträume wieder da?", wollte Chiara wissen. Ich nickte nur knapp und nippte an meiner Tasse. Diese Antwort genügte meiner Freundin und sie legte mir eine Hand auf den Rücken. „Chiara, sie hören einfach nicht auf. Immer wieder ist da diese Dunkelheit. Sie jagt mich, jagt mich ohne Ziel. Sie holt mich ein und umschließt mich. Ich sehe nichts. Dafür höre ich das Klirren von Schwertern und rieche das Blut." „Oh Angelito. Weiß Nathan von deinen Träumen?" Ich schüttelte den Kopf: „Nein. Ich habe versucht, mit Luce drüber zu sprechen, doch dann kam Melissas Tod. Mich bestätigte es in meiner Befürchtung, doch mit ihm konnte ich dann auch nicht mehr reden." Es war einfach zu viel im Moment. Und jetzt war auch noch Melissa gestorben.

Wegen der Probleme in unserer Welt hatte eine unschuldige Person dran glauben müssen. Weshalb war die Welt so grausam? Melissa hatte all dies nicht verdient. Luce hatte all das nicht verdient. Er gab sich die Schuld an ihrem Tod, und das fraß ihn innerlich auf. Doch er wollte nicht darüber reden. Na ja, zumindest nicht mit mir. Und sein bester Freund verbrachte mehr Zeit mit Jack als mit ihm. Nathan sah zwar, wie beschissen es Luce ging, doch etwas dagegen tun wollte, nein konnte er nicht. Das würde ihn ja dazu bringen, Gefühle zu zeigen, doch das lag ihm nicht. Das würde ihn völlig überfordern. Oh Götter! Ich schnaubte abfällig. Chiara sah mich fragend an: „Was bedrückt dich noch? Und sag jetzt nicht nichts! Das kenne ich schon gut genug von deinem Bruder!" Ich konnte mir ein Grinsen nicht verkneifen, als ich ihr antwortete:

„Jaja. Ich bin im Moment einfach verwirrt. In letzter Zeit passiert so vieles, das ich mir nicht erklären kann. Erst taucht Jack auf und Nath schleicht permanent um ihn herum wie ein verliebtes Eichhörnchen. Aber wehe, man spricht ihn darauf an. Dazu kommt die eigenartige Vision, die ich vor wenigen Wochen am See hatte. Jetzt noch dieser kalte Krieg in Mysteria und Melissas Tod. Das ist alles zu viel." „Vor allem zu viele Zufälle," spann Chiara meine Gedanken weiter. Ich nickte zustimmend.

Chiara seufzte: „Als die Zeitgeister damals gejagt und ins Exil geschickt worden waren, da brach alles über mir zusammen. Lange war ich Vorsitzende im Ältestenrat. Hoch angesehen." Sie blickte hinaus in den Regen. In ihren grauen Augen schimmerten Tränen, als sie fortfuhr: „Und plötzlich war unsere Macht zu gewaltig. Wesen, die die Zeit beherrschten, waren plötzlich die größte Gefahr, die es gab. Und einfach exekutieren konnte man meine Rasse ja auch nicht." „Wegen eurer Uhren, oder? Ich habe das bis heute noch nicht richtig begriffen", unterbrach ich Chiara. Sie nickte: „Genau. Einen Zeitgeist tötest du, indem du seine Uhr zum Stillstand bringst. Doch jede Uhr eines Zeitgeistes ist anders, weshalb man sie nicht erkennt. Es kann eine Sanduhr oder eine Taschenuhr sein, eine Kuckucksuhr oder eine Standuhr. Viele Zeitgeister hatten deshalb um die hundert Uhren in ihren Häusern. Ein kluger Zeitgeist allerdings würde seine Uhr niemals in seiner Nähe aufbewahren." Gebannt hing ich an Chiaras Lippen. In ihren Worten steckte so viel Lebenserfahrung wie bei keinem anderen Menschen. Ihren Vater natürlich ausgeschlossen. „Auf jeden Fall", fuhr sie fort, „weiß ich, wie es ist, nicht mehr weiter zu wissen. Ich dachte damals auch, ich sei allein und könnte niemandem trauen. Jeder hätte mich an den Rat verraten können. Es war gegen meine Natur wegzulaufen, doch ich hatte keine Wahl." Nun war ich diejenige, die meiner Freundin eine Hand auf den Rücken legte. Alles, was sie sagte, war wahr. Chiara hatte man alles genommen. Sie konnte nie wieder zurück nach Mysteria. Und wegen ihrer Unsterblichkeit hatte sie all ihre Freunde sterben sehen. Auch uns würde sie eines Tages zu Grabe tragen. „Wie hältst du das alles aus?", fragte ich die Braunhaarige. Sie lächelte schwach: „Man kann mir vielleicht alles nehmen, aber nicht meinen Stolz. Und die Erfahrung, die man sammelt, ist unersetzbar. Natürlich ist es traurig. Euer Leben ist für mich nur ein Wimpernschlag, aber jede Sekunde davon ist einzigartig. Man opfert nun einmal viel für das ewige Leben." Ein müdes Lächeln umspielte ihre Lippen.

„Das Leben ist ein Schatz!", Robertos die Stimme ließ uns herumfahren. Chiaras Vater stand in der Tür, die zur Küche führte und lächelte uns zu. „Was ist das denn für eine Stimmung hier?" Mit einem Tablett voller Kekse kam er zu uns und stellte es auf den Tisch. Seine Tochter lächelte ihn an: „Hola, Papa." Als er sich neben sie setzte, drückte sie ihrem Vater einen Kuss auf die Wange. „Worum geht es denn gerade, wenn ich fragen darf?" Roberto sah fragend von einer zur anderen. Chiara sah mich unsicher an. Sie wusste nicht, ob es mir recht wäre, davon zu berichten. Doch mir fiel niemand ein, der das besser verstehen würde als ein über 3000 Jahre alter Zeitgeist. „Ich habe einen Traum. Er kommt immer wieder. Jede Nacht träume ich von Krieg, von Krieg und Dunkelheit." Roberto hörte aufmerksam zu, während ich ihm meine Träume schilderte. Meine Ängste darüber, dass sich die Träume bewahrheiten könnten, ließ ich dabei nicht aus. Der Zeitgeist nickte bisweilen.

Nach meiner Erzählung schenkte mir Roberto ein leichtes Lächeln, ehe er selbst zu erzählen begann: „Vor gut 2500 Jahren machte deine Urahnin das Gleiche durch. Jede Nacht träumte Helena von einer Dunkelheit. Es ging so weit, dass sie nicht mehr schlief in der Hoffnung, so die Dunkelheit abzuwenden. Bis sie eines Abends eine Prophezeiung erreichte." „Die Prophezeiung der Zwillinge," warf ich ein.

Der alte Zeitgeist nickte: „Ja, Nia. Ich war in dieser Nacht spazieren, als ich einen alten Freund auf den Felsen erblickte. Helena lag auf dem Boden der kalten Felsen." Ich sah zu Chiara hinüber, die ihren Vater skeptisch musterte: „Davon hast du nie etwas erzählt." Ihr Vater schenkte ihr ein freundliches Lächeln: „Es gab keinen Grund, Chiara. Na ja also, an diesem Abend musste ich ihr etwas versprechen. Pegasos und ich versprachen ihr, auf ihre Nachfahren aufzupassen und Mysteria vor weiteren Kriegen zu bewahren. So reiste ich viel, um immer in der Nähe eurer Familie zu sein. Als die Zeitgeister aus Mysteria vertrieben wurden, musste ich leider fliehen. Umso erleichterter war ich, als eure Großmutter euren Vater überredete, mit euch in die Menschenwelt zu ziehen."

Mir fiel die Kinnlade herunter. Also war es kein Zufall, dass wir hier waren und dass wir Chiara kennenlernten. Wenn Nathan das hören würde. Oh Götter, er würde toben vor Wut. Nichts hasste mein Bruder mehr, als überwacht zu werden. Und bei der Beziehung, die Chiara und er hatten, da würde er Amok laufen. Als könne sie Gedanken lesen, sah Chiara mich plötzlich flehend an: „Bitte, Angelito. Sag Nath nichts davon. Ich wusste all das nicht und möchte es mir mit ihm nicht verderben. Er ist mir ein wichtiger Freund, ebenso wie du und die Jungs!" Ich konnte nicht anders als nicken. Sie schien ja von all dem nichts gewusst zu haben, und ihr lag wirklich etwas an Nathan und mir.

Ich versuchte, das Thema zu wechseln: „Roberto, du erwähntest Pegasos, den Sohn des Meeresgottes. Ich dachte, er sei nur ein Mythos." Roberto lachte herzlich: „Langsam solltet ihr doch wissen, was Mythen in Mysteria sind. Pegasos existiert. Leider ist er seit Helenas Ableben verschwunden. Es heißt, er habe mit der Trauer im Herzen nicht leben können." „Aber hatte er nicht das Gleiche versprochen wie du, Vater?" Chiara sah ihren Vater neugierig an. Dieser nickte: „Ja, das hat er. Und ich bin mir sicher, wenn es darauf ankommen sollte, wird er da sein."

Verwirrt sah ich in meine Tasse. Der Tee war mittlerweile zimmerwarm und hatte aufgehört zu dampfen. Meine Gedanken fuhren Achterbahn. Das war mehr als genug Input für einen Tag. Ein Göttersohn zu unserem Schutz? Dies war der erste Moment, an dem ich Nath verstand. Warum konnten wir nicht normal sein, so wie jeder andere Magical?

Ich trank den Rest meines Tees und erhob mich: „Danke für die vielen Informationen, aber ich muss langsam wieder nach Hause. Tim und ich wollten heute Abend noch ins Kino, und wie ich ihn kenne, wird er schon zu Hause auf mich warten." Roberto nickte höflich, und Chiara lächelte mich an, ehe sie sich erhob: „Ich bring dich noch zur Tür." Vor der Tür blieb sie stehen und sah mich an: „Alles in Ordnung?" „Ja. Es ist nur alles ziemlich viel. Und … Chiara, ich habe Angst." Der junge Zeitgeist lächelte traurig: „Die habe ich auch, aber wovor? Wir machen einfach jeden Schritt zusammen. Ich bin immer für dich da, und zusammen können wir alles schaffen. Du und Nath, ihr seid unschlagbar. Und auch Tim und Luce lassen euch nicht allein. Ich ebenso wenig." Sie hatte ja recht. Wir waren nicht allein. Egal was auf uns zukommen würde, wir hatten Freunde, die hinter uns stehen würden.

Zu Hause wollte ich gerade meinen Haustürschlüssel aus meiner Tasche holen, als sich die Haustür öffnete. Jack stand im Türrahmen und sah mich freundlich an: „Hey, Nia. Schön, dass ich dich noch treffe. Nath meinte, du hättest heute Morgen fluchtartig das Haus verlassen. Ist alles in Ordnung?" Fluchtartig hätte anders ausgesehen, aber darüber wollte ich jetzt nicht diskutieren. „Ich war bei Chiara und habe Mädchenkram bequatscht." So konnte ich Gespräche mit Nath immer beenden, doch der Hybrid zog nur skeptisch eine Braue hoch. Er glaubte mir nicht. „Du musst es mir nicht sagen, Nia, keine Sorge. Ich mache mir nur Sorgen um dich.

Nathan meint, du würdest dich seltsam verhalten, und ich finde das auch. Wo ist das aufgeweckte Mädchen, das ich kennengelernt habe?" Ich seufzte leise. Er hatte ja recht, doch was sollte ich ihm sagen? Das, was ich gerade erfahren hatte? So lange kannte ich ihn noch nicht. Und nur weil Nath ihm zu vertrauen schien, musste ja nicht gleich alles gut sein. Nath war vermutlich nur geblendet. Auch wenn er es nicht zugeben würde, war Jack total sein Typ. Und er passte auch super in unsere Gruppe.

Ein Schnipsen vor meinem Gesicht holte mich ins Jetzt zurück. Jack sah mich besorgt an: „Nia, alles okay? Soll ich Nath holen? Der ist noch mit Luce im Keller, sie räumen den Trainingsraum auf." Ich schüttelte den Kopf und schenkte ihm mein liebstes Lächeln: „Nein, nein. Bei mir ist alles in Ordnung. Aber ich glaube, ich geh mal in den Keller zu Luce und Nath." Jack nickte und ging dann zum Gartentor: „Wir sehen uns wieder, Nia." Mit einem Lächeln verabschiedete ich mich, ehe ich die Haustür hinter mir zuzog und die Wendeltreppe in den Keller hinuntersauste.

Im Trainingsraum saßen Luce und mein Bruder auf einer der Trainingsmatten und tippten auf ihren Handys herum. Schmunzelnd verdrehte ich die Augen. So viel zum Thema Aufräumen. Das hätte ich mir ja denken können. Meine Anwesenheit hatten die beiden auch noch nicht wahrgenommen. Solche Spezialisten. So viel zum wachsam Sein. Ohne Vorwarnung nahm ich Anlauf und warf mich auf die beiden. Luce zuckte heftig und Nath sah mich mit einem Blick an, als wolle er mich erwürgen. Doch das war es mir allemal wert. Kichernd rollte ich mich von den beiden runter und setzte mich im Schneidersitz vor ihnen auf die Matte. „Nia, du Trampel!", Luce sah mich wütend an. Ich grinste nur und drückte ihm einen Kuss auf die Wange. Nun war es Nath, der Luce böse anguckte. Das überging ich und wandte mich an Luce: „Na, lucky Luce. Wie lief das Training?" Luce grinste: „Ziemlich gut, aber du brauchst offensichtlich eine Runde, du Energiebündel." Der große Braunhaarige warf meinem Bruder einen Blick zu. Der nickte und nun sahen mich beide an. Ihr diabolisches Lächeln gefiel mir überhaupt nicht. Gekonnt sprang ich wieder auf die Beine. Nervös fragte ich: „Was, was habt ihr vor?“ Sie antworteten nicht, grinsten mich einfach nur weiter an. Hilfesuchend sah ich mich um. Mein Blick fiel auf den offenen Waffenschrank. Gerade streckte ich meine Hand aus, um mir ein Schwert herbeizuzaubern, als sich die beiden auf mich warfen. Wie sollte man sich wehren, wenn einen zwei große, bemuskelte Kerle zu Boden reißen? Mir blieb nichts übrig, als einen Schritt nach hinten zu machen. Dies erwies sich allerdings als Fehler, denn ich hatte die Bank hinter mir übersehen. Mir wurden wortwörtlich die Beine weggerissen.

Ich fand mich unsanft auf dem Boden wieder, Luce und Nath neben mir. Die kriegten sich vor Lachen nicht mehr ein. Ihr Lachen war so ansteckend, dass auch ich nicht lange an mich halten konnte. Die Schmerzen an meinem Hinterkopf waren vergessen. „Na, war das der Plan?“, grinsend sah ich die Jungs an. Sie schüttelten den Kopf. „Nicht so ganz!“, sagte Luce, während er sich aufrichtete. Auch Nath erhob sich und setzte sich auf die Bank. Schmunzelnd streckte ich den beiden meine Hände entgegen und sie zogen mich wieder auf die Beine. „War das denn nötig?“, ich sah zwischen Luce und Nathan hin und her. Sie zuckten lediglich synchron mit den Schultern. Mir fiel dazu nicht mehr ein als den Raum zu verlassen. Nicht, dass die zwei Spezialisten noch auf die Idee kämen, dass ich ihnen helfen sollte. Nein, ich wollte jetzt unter die Dusche und mich fertigmachen. Tim dürfte jeden Augenblick kommen.

14. Kapitel
Jack

Lustlos lief ich die Korridore entlang. „Etwas, das ich nicht vermisst hatte", brummte ich missmutig, ehe ich die Tür zum Thronsaal aufstieß. Luna, die neben mir herlief, seufzte: „Kopf hoch, Jack. Du wirst es schon überleben." Ohne auf meine Antwort zu warten durchquerte sie den Saal und stellte sich neben den Thron. Die Arme verschränkte sie vor der Brust und ihren Blick richtete sie auf den Boden. Wenn die junge Vampirin auch sonst keinen Respekt zeigte, so doch vor meiner Großmutter, der vermutlich einzigen Magical, ob lebend oder tot, die Luna je eingeschüchtert hatte.

Meine Großmutter nickte ihr kurz zu und wandte sich dann mir zu: „„Dass du es noch wagst, mir unter die Augen zu treten, Jacklyn Van Raven!" Ihre Stimme fegte wie ein kalter Sturm durch den Saal und jagte mir einen Schauer über den Rücken. Doch ich hatte gelernt, mir nichts anmerken zu lassen. „Du hast mich rufen lassen, Großmutter. Nicht umgekehrt!" Ich verdrehte die Augen, als ich nähertrat. Die Alte lachte hohl und streckte ihre knochigen Finger in meine Richtung: „Nicht so frech, du Missgeburt! Ist das der Dank für alles, was ich dir ermöglicht habe? Du bist noch undankbarer, als deine Mutter es war!"

Wut schäumte in mir hoch und ich ballte die Hand zur Faust. „Sprich nicht so von Mutter! Schon gar nicht in der Vergangenheitsform!"

„Wenn du so weitermachst, werden wir deine Mutter aber nie wiedersehen! Du bist solch ein Versager! Hast du vergessen, was er deiner Mutter antun wird, wenn wir ihm nicht die Zwillinge übergeben?!" Die roten Augen meiner Großmutter funkelten mich hasserfüllt an. Als ob ich vergessen hätte, was meine Mission war. Warum ich überhaupt in der Menschenwelt war. Meine Großmutter hatte sich auf die Unterwelt eingelassen, und als Dank hatte ein Dämon meine Mutter entführt. Er wollte im Austausch die Zwillinge. Am Anfang hatte das für mich noch wie ein guter Tausch ausgesehen. Das Leben zwei Fremder gegen das meiner Mum. Doch mittlerweile war ich mir da nicht mehr so sicher. Klar liebte ich meine Mutter, doch Nia und Nathan waren mir bereits sehr wichtig geworden. Sie waren so einzigartig.

„Jack, er wird ungeduldig." Meine Großmutter sah mich ernst an. Ich seufzte: „Sie bringen ihm doch jetzt noch nichts. Sie sind noch minderjährig und haben ihre Prüfung noch nicht abgelegt." „Sobald sie ihre Prüfung abgelegt haben, will ich sie in meinen Kerkern wissen. Hast du mich verstanden?" Ich richtete meinen Blick auf den Teppich und nickte. „Sehr schön", mit diesem Worten verließ meine Großmutter den Thronsaal. „Jacky, alles okay?" Lunas Stimme drang an mein Ohr, und obwohl sie direkt neben mir stand, wirkte sie weit entfernt. Ich konnte nicht antworten. Vor meinem inneren Auge tauchte Naths Gesicht auf. Sein ehrliches Lächeln ließ mein Herz höherschlagen. Ich konnte ihn nicht den Dämonen übergeben. Nia und er hatten einen solchen Verrat nicht verdient.

„Jack, verdammt!", meine Freundin packte mich an den Schultern und schüttelte mich heftig. „Ey Luna, ich bin keine Schneekugel!" Die Vampirin sah mich besorgt an: „Jack, du weinst. Ich habe dich nicht mehr weinen sehen, seit deine Großmutter dein Pferd hat schlachten lassen. Und da warst du sieben." „Und dann denkst du, dass es besser wird, wenn du mich durchschüttelst wie bei einem Greifflug durch die Nordberge?" Erst jetzt bemerkte ich die salzigen Tränen, die meine Wange hinunterliefen. Schnell wischte ich mir mit dem Ärmel übers Gesicht und sah dann zu Luna, die mich noch immer musterte. „Was ist los? Ich mache mir Sorgen um dich." „Mir wird das hier alles zu viel. Ich will meine Mutter zurück, doch nicht für diesen Preis, Luna!" Luna nickte und zog mich in eine Umarmung, die ich nur zu gerne erwiderte. Egal, was noch kommen würde, ich wusste, Luna würde mir bleiben. „Wir sitzen das zusammen aus. So, wie wir beide bis jetzt alles durchgestanden haben." Ihr Lächeln war aufrichtig. Ich schenkte meiner ältesten Freundin ebenfalls ein warmes Lächeln: „Zum Beispiel, als du den Thron meiner Großmutter in die Luft gejagt hast." Luna scherzte: „Oder als du die Wände des Speisesaals bemalt hast. Was war das noch mal? Deine rebellische Phase?" „Oder als du deine Haare färben wolltest!" Die Vampirin erschauderte grinsend: „Gott, erinnere mich nicht daran. Nie wieder blau! Ich weiß nicht mehr, wie lange sie danach grün waren!" Ich musste lachen, als Luna angeekelt ihr Gesicht verzog. Sie hatte damals aber auch wirklich zu komisch ausgesehen.

Die Turmglocken schlugen und zeigten mir, wie viel Zeit bereits vergangen war. „Ich muss zurück, Luna. Wir sehen uns!" „Okay. Und Jack, pass auf dich auf", Luna sah mich ernst an. Ich nickte, verließ den Thronsaal und auch diese Welt.

Seit meinem unschönen Besuch in Mysteria war einige Zeit vergangen und es wurde immer kälter. Die Bäume hatten mittlerweile die meisten ihrer Blätter abgeworfen und streckten ihre knochigen Äste in Richtung Herbstsonne. Es war der erste Schultag nach den Ferien und ich war zusammen mit Nia und Nath auf dem Schulweg. Ich ging einen guten Meter hinter den Zwillingen, die wild miteinander diskutierten. „Das stimmt doch nicht, Nath! Dad versucht bloß, uns aus der Sache rauszuhalten. Die Sirenen haben dem Rat doch so schon fast den Kopf abgerissen, als dieser sie anklagte. Was denkst du, wie die reagiert hätten, wenn die wüssten, wer die Leiche gefunden hat?" Nathan schnaufte: „Was würde das ändern? Denkst du echt, das würde die Sirenen interessieren?" Seit ich zu den beiden gestoßen war, diskutierten sie bereits darüber. Ich schwieg und hörte ihnen zu. In solchen Momenten war ich froh, Einzelkind zu sein, auch wenn Luna für mich so etwas wie eine Schwester war. Wir waren immerhin wie Geschwister miteinander groß geworden. „Jack, was meinst du dazu?" Nias Stimme riss mich aus meinen Gedanken. Verwirrt sah ich zu der kleinen Witch: „Was soll ich wovon halten? Tut mir leid, ich glaube, ich habe dir nicht zugehört." Nia schnaubte und stapfte mit wehendem Haar in Richtung Schultor davon. „Habe ich was Falsches gesagt?" Ich spürte eine Hand auf meiner Schulter und drehte mich zu Nath um, der mich anlächelte: „Mach dir wegen der keine Gedanken, okay? Die ist heute mit dem falschen Fuß zuerst aufgestanden." „Habt ihr beide heute die Rollen getauscht?" Nath sah mich skeptisch an und zog die Braue hoch. Ich hatte das bei ihm schon oft beobachtet. Das war so etwas wie ein Fragezeichen, wenn er etwas nicht verstand. „Was willst du damit sagen?" Ich lächelte: „Na ja, ansonsten bist du derjenige, der nach euren Diskussionen abdampft."

Erst wirkte Nath etwas verwirrt, nickte dann aber. „Du hast ja recht. Das ist im Moment alles so schwierig …" Ich sah Nath an. In seiner Stimme schwang etwas mit, das ich bis jetzt noch nie herausgehört hatte: Machtlosigkeit. Ich nickte und betrat neben ihm die Schule. „Ich habe jetzt zusammen mit Tim Geschichte, wir sehen uns später." Ehe ich antworten konnte, war Nath in Richtung Klassenraum verschwunden. Ich sah ihm noch kurz nach, ehe ich zu Luce ging.

Der war gerade dabei, irgendwelche Zettel von seinem Schließfach zu entfernen. „Luce, alles gut?" Luce wirbelte zu mir herum und starrte mich durch glasige Augen an. Er war den Tränen nahe. Sein Mund öffnete sich, doch er brachte keinen Ton heraus. Mit zitternder Hand reichte er mir einen von vielen Zetteln. „Mörder", las ich. „Luce, du weißt, dass das nicht stimmt." Luce sah schweigend zu Boden, nickte aber. Ich nahm ihm die Zettel ab und schmiss sie in den nächsten Mülleimer: „Wir haben jetzt eine Freistunde, komm, wir gehen in die Mensa." Ich wartete nicht erst auf eine Antwort und zog ihn hinter mir her. In der Mensa steuerte ich auf unseren Stammtisch zu. Nia saß bereits dort und hockte über irgendwelchen Notizen und Büchern. Sie sah erst auf, als wir uns zu ihr setzten. „Oh Götter, Luce! Du siehst schrecklich aus. Ist alles okay?" Der nickte knapp und starrte auf die Tischplatte, als ob die eine Lösung parat hätte, als ob sie Melissa zurückholen könnte. Ich erzählte Nia von den Zetteln. Nia legte eine Hand auf Luces Knie und sah ihn an: „Hey, du bist nicht schuld an …“ Doch weiter kam sie nicht, denn Luce sprang auf und funkelte uns wütend an: „Ihr versteht das alle nicht! An diesem Abend habe ich sie erst richtig kennengelernt, wie sie wirklich ist. Sie war so tiefgründig, sie war so liebenswert. Ich glaube ich … ich …“ „Du hast angefangen, sie zu mögen,“ ich sah zu Luce. Sein Blick genügte als Antwort. Völlig fertig ließ er sich wieder auf die Bank sinken.

Es tat mir weh, ihn so zu sehen. Kennengelernt hatte ich Luce als einen Sonnyboy, wie er im Buche steht. Er strahlte gute Laune aus und wirkte immer freundlich. Wenn ich so darüber nachdachte, dann war er das komplette Gegenteil von Nathan. Wieso waren die beiden eigentlich beste Freunde? Nia hatte ihren Arm um seine Schulter gelegt und ihn an sich gedrückt. „Wird es wieder gut?“, Luce sah verzweifelt zu Nia. Diese schüttelte den Kopf: „Nein, aber es wird leichter. Von Tag zu Tag lernt man, damit umzugehen.“ Nia hatte vor wenigen Jahren erst ihren Bruder verloren. Dies musste sie schmerzlich wieder daran erinnern. So etwas konnte man nicht vergessen. Ich betrachtete das Bild. Eine Freundschaft, wie ich sie nie gehabt hatte. Konnte ich sie wirklich ausliefern? Etwas in meinem Innern schrie und sträubte sich. Doch ich wollte meine Mutter zurück. Plötzlich fühlte ich mich völlig fehl am Platz. Ich gehörte nicht zu ihnen, ich gehörte nicht einmal in ihre Welt. Ohne ein Wort erhob ich mich und verließ die Mensa. Nias Rufe ignorierte ich.

Ziellos schlenderte ich durch die Schule. Wieso war ich nie in einer Schule gewesen? Richtig, meine Großmutter war damit beschäftigt, mich Missgeburt vor der Welt zu verstecken. Ich blieb vor einer Vitrine stehen. Die vielen Pokale und Medaillen erregten meine Aufmerksamkeit. Die Bilder der Vereine, die sie gewonnen hatten. Eine Fußballmannschaft, deren Mitglieder sich nach einem Sieg in den Armen lagen. Ein Basketballteam, das seinen

Sieg feierte. Sogar ein Foto der Schach-AG, deren Mitglieder in die Kamera grinsten. Wie viel hatte ich verpasst? Mein Leben lang war ich einem Schloss gefangen gehalten worden.

Ich wandte mich von der Vitrine ab und stieß sofort mit jemandem zusammen. Die Person verlor ihr Gleichgewicht, doch bevor sie fallen konnte, hatte ich sie am Arm gepackt. Giftgrüne Augen funkelten mich an. Es war niemand anderes als Nathan, der mich verschmitzt angrinste: „Du haust mich wohl nicht nur im Training um, was?“ Ich ignorierte seinen Kommentar und konzentrierte mich aufs Wesentliche: „Nath, was machst du denn hier?“ Er deutete auf das Schild „Sekretariat“, das groß über der Tür prangte. Ich musste schmunzeln: „Was hast du schon wieder gemacht?“

„Ich habe der alten Meyer gesagt, dass ihr Jahrtausend vorbei ist und sie bitte wieder zurück in ihre Gruft klettern soll, aus der sie gekrochen ist.“

Er hatte damit ja nicht ganz unrecht. Die Alte erinnerte mich immer an meine Großmutter. Wenn auch nur von ihrer Art her, denn ähnlich sahen sie sich kein Stück. Das, was die zu viel auf den Hüften hatte, hatte meine Großmutter eindeutig zu wenig. „Weißt du, woran mich das gerade erinnert?“ Nathan forderte meine Aufmerksamkeit. Ich schüttelte den Kopf. „Hier haben wir beide uns zum ersten Mal getroffen!“

Nath lachte herzhaft. Ich musste schmunzeln, als ich mich an den Tag zurückerinnerte. Ich hatte das Büro des Direx verlassen, als ich ihn das erste Mal sah. Sofort waren mir seine silberweißen Haare aufgefallen, die regelrecht glänzten, und seine leuchtenden, beinahe giftgrünen Augen. Ich musste lachen: „Stimmt. Ich habe mich damals gefragt, wie man es schafft, am ersten Schultag zum Direktor zu müssen.“ Nathan grinste mich an: „Jetzt weißt du ja, wie einfach das geht.“ „Da hast du wohl recht.“ Nath lächelte: „Na ja, ich sollte wohl mal da rein und die Standpauke über mich ergehen lassen.“ Ich nickte und Nath verschwand mit einem verschmitzten Lächeln im Sekretariat.

Für einen kurzen Augenblick dachte ich daran, auf ihn zu warten, entschied mich dann aber dagegen. Stattdessen ging ich zurück in die Mensa, wo Luce und Nia saßen. „Jack, wo warst du?" Kaum hatte ich mich gesetzt, richteten sich schon Nias anklagende Blicke auf mich. Ich schenkte ihr ein Lächeln: „Ich war auf der Toilette. Reicht das, oder willst du noch mehr Details?"

„Nein, nur eins: War Nath dabei?" Mein Lächeln entglitt mir und Luce, der gerade einen Schluck aus seiner Wasserflasche nahm, verschluckte sich heftig. Ich klopfte Luce auf den Rücken und wandte mich dann Nia zu: „Nein, war er nicht. Aber wie kommst du darauf?" Sie antwortete nicht und grinste mich nur an. Luce, der mittlerweile wieder Luft bekam, sah zwischen Nia und mir hin und her: „Hab ich irgendwas verpasst, was ich wissen sollte?" „Nicht, dass ich wüsste", meine Stimme war mehr ein Murmeln und mein Blick war immer noch stur auf Nia gerichtet.

Sie setzte ihr unschuldigstes Lächeln auf, während sie ihre Haare zu einem Dutt band: „Nein, es ist alles gut. Zumindest noch." Luce verdrehte die Augen: „Wir sollten uns langsam auf den Weg zum Unterricht machen, sonst kommen wir noch zu spät zu Herrn Phillips." Ich nickte zustimmend und erhob mich.

Mit Nia und Luce machte ich mich auf den Weg zum Klassenraum. Doch Nias Worte gingen mir nicht mehr aus dem Kopf. Was wollte sie mir sagen? Wusste sie irgendwas von Nath, dass ich nicht wusste? Ich war so sehr in Gedanken versunken, dass ich eine Treppenstufe übersah und stolperte. Dieses Mal war Nathan leider nicht da, um mich aufzufangen, und so machte ich nähere Bekanntschaft mit den Treppenstufen. Nia wirbelte herum und sah mich erschrocken an: „Bei allen guten Göttern, Jack! Ist bei dir alles okay?" Sofort sprang ich auf und rieb mir mit der Hand über die Stirn: „Jaja. Hab nur ne Treppenstufe übersehen. Bin leider gestolpert." Luce kam auf mich zu und sah mich kritisch an: „Du blutest, Jack." Tatsächlich spürte ich eine dickflüssige, warme Flüssigkeit meine Schläfe hinunterlaufen. „Ich bring dich zur

Krankenschwester! Luce, du gehst und sagst Herrn Phillips Bescheid." Nias Stimme ließ keinen Widerspruch zu. Ohne uns Zeit zum Antworten zu lassen, griff sie nach meinem Arm und zog mich hinter sich her. Ich musste schmunzeln. Für ihre geringe Größe besaß sie eine enorme Kraft. Ohne Widerworte folgte ich ihr zu Krankenstation.

15. Kapitel
Nathan

Müde öffnete ich meine Augen. Heute war es so weit, heute war der vierzehnte Elfte und somit mein Geburtstag. Um ehrlich zu sein, wäre ich am liebsten einfach liegen geblieben, doch Nia machte einen Strich durch diese Rechnung. Ich war noch nicht ganz wach, da fegte sie schon wie ein Wirbelsturm in mein Zimmer. Ehe ich reagieren konnte, zog sie die Rollläden hoch und riss die Fenster auf. Ohne eine Vorwarnung warf sie sich auf mich und schlang ihre zierlichen Arme um mich: „Guten Morgen, Schlafmütze. Alles Gute zum Geburtstag, Brüderchen." Ich stöhnte und richtete mich auf, während Nia noch immer an mir hing. Ich erwiderte ihre Umarmung: „Dir auch alles Gute zum Geburtstag, Niechen."

Liebevoll strich ich ihr durchs Haar. Ihre kristallblauen Augen funkelten vor Freude: „Achtzehn, Nathan, wir sind achtzehn!" Nickend stand ich auf, um mich anzuziehen. „Wir müssen noch so viel vorbereiten, Nath. Der halbe Jahrgang kommt vorbei, und es ist noch nichts gemacht!" Nia stöhnte theatralisch und ließ sich zurückfallen.

Ich antwortete nicht, sondern begann, in meinem Kleiderschrank zu kramen. Meine Schwester beobachtete mich, während sie ihre Haare zusammenflocht. Nachdem ich mich angezogen hatte, drehte ich mich zu ihr um: „Chiara und die Jungs kommen doch zum Helfen, oder?" „Die warten unten auf uns." Ich sah entsetzt zur Uhr. Halb zwei. „Fuck! Nia, warum weckst du mich erst jetzt?!" Sie hatte keine Zeit für eine Antwort, denn ich stürmte bereits aus dem Zimmer.

Unten im Wohnzimmer traf ich auf unsere Eltern, die mich anlächelten. Hinter ihnen auf dem Sofa saßen Chiara, Tim und Luce. „Nathan", meine Mutter kam auf mich zu und umarmte mich. „Alles Gute, mein Junge. Ich kann nicht glauben, dass ihr zwei jetzt achtzehn seid." Sie ließ mich los und wischte sich eine Träne aus dem Auge. Mein Vater lächelte mich an und reichte mir die Hand: „Alles Gute, mein Sohn." Ich nickte knapp und zwang mich zu lächeln, als er mir ein kleines Päckchen überreichte. „Öffne es!"

Vorsichtig entfernte ich das Band, mit dem das Päckchen verschlossen war, und nahm den Deckel ab. Ich zog den Inhalt heraus und musterte mein Geschenk. Es war ein schwarzes Lederband mit einem Pentagramm als Anhänger. „Das gehörte einst deinem Großvater. Wir hielten es für das Beste, wenn du es bekommst". Mit Tränen in den Augen lächelte mich meine Mutter liebevoll an. Ich nickte und legte das Band um. Aus Schmuck hatte ich mir nie viel gemacht, doch wenn dieses Band Großvater gehört hatte, hatte es einen hohen mentalen Wert. Nia lächelte mich breit an: „Steht dir, Brüderchen, da bin ich ja ich fast neidisch. Aber auch nur fast, denn ich habe das hier bekommen."

Meine Schwester hielt mir ein mit Diamanten besetztes Diadem unter die Nase. Ich erkannte es sofort. Es war das älteste Familienerbstück, das wir hatten, vermutlich war es schon über 3000 Jahre alt. Es stammte aus Mysteria. Als Nia es in ihr Haar setzte, leuchtete es hell auf. Sie sah aus wie eine Prinzessin aus einer anderen Welt. Mein Vater räusperte sich: „So, wir lassen euch dann mal allein. Ihr wolltet ja noch mal richtig feiern, ehe der Ernst des Lebens losgeht." Nia und ich nickten. „Feiert schön! Und Chiara, bitte sorg dafür, dass unser Haus morgen noch steht."

Chiara lachte: „Natürlich, Herrn Gaisgeachd, ich passe auf." Mit einem knappen Nicken verabschiedete sich unser Vater und folgte unserer Mutter in die Abstellkammer, die ein Portal nach Mysteria war.

Nia hatte sich vor uns aufgebaut und klatschte in die Hände: „Na los, Leute! Wir haben noch einiges zu tun." Meine kleine Schwester griff nach einem Klemmbrett, das auf dem Tisch lag, und begann zu dirigieren. „Luce und Tim, ihr kümmert euch um die Snacks und die Getränke. Den Einkaufszettel gebe ich euch gleich. Chiara und ich bereiten schon mal das Essen vor. Nath, du fängst an zu dekorieren! Haben alle verstanden?“ Alle nickten und stoben sofort los, um ihren Aufgaben nachzugehen.

Nia hatte ihr Zepter fest in der Hand, und niemand wollte ihr widersprechen. Ich war gerade dabei, hoch auf den Dachboden zu steigen, als es an der Haustür klingelte. „Nath, du gehst an die Tür!“, hörte ich meine Schwester aus der Küche rufen. Mir entfuhr ein Seufzen, als ich widerwillig zur Tür ging. War ja mal wieder klar. Sie hätte mich auch vom Dachboden runter gerufen. Seufzend drückte ich die Klinke herunter und öffnete. Jack stand im Türrahmen und grinste mich an: „Alles Gute zum Geburtstag.“ Er breitete seine Arme aus und umarmte mich.

Als er mich an sich zog, spürte ich, wie sich mein Herzschlag beschleunigte. Wie immer, wenn er mir so nahekam. Ich wollte etwas erwidern, doch sein Geruch benebelte meinen Verstand. In den letzten Wochen war mir immer mehr klar geworden, dass der Hybrid mir zu wichtig geworden war. Das Klicken eines Fotoapparats ließ uns auseinanderfahren. Nia stand mit ihrem Handy in der Hand im Flur und lächelte breit. Ich warf ihr einen warnenden Blick zu. Zu meiner Überraschung ging sie nicht auf die Situation ein, sondern ging zu Jack, um ihn ebenfalls zu umarmen. Dieser strich ihr über den Kopf: „Dir auch alles Gute zum Geburtstag, Niechen.“ „Freut mich, dass du gekommen bist. Kannst du Nath beim Schmücken helfen?“ Jack nickte und sah mich dann abwartend an. Ich nickte und bedeutete ihm, mir zu folgen.

Gemeinsam kletterten wir die Treppe zum Dachboden hinauf. „Erschrick nicht, Mum will schon seit Jahren da oben mal aufräumen.“ Ich hörte Jacks herzhaftes Lachen hinter mir: „Chaos bin ich gewohnt.“ Auf dem Dachboden herrschte ein heiteres Durcheinander. Möbel standen kreuz und quer im Raum und Kisten stapelten sich beinah bis unter die Decke. Große Leinwände waren unter verstaubten Lacken vergraben, und vom Dachgiebel hingen Spinnweben herab. „Gemütlich“, Jack sah sich neugierig um, „Also, wonach suchen wir?“ Planlos sah ich mich um: „Nach einem großen Karton.“ „Sehr präzise.“ Ich zuckte mit den Schultern: „Da müsste Geburtstag drauf geschrieben sein.“ Er nickte, und gemeinsam machten wir uns auf die Suche. Wir hatten bereits den halben Raum durchsucht und waren noch immer nicht fündig geworden. Ich stand vor einem Turm aus Kartons und begutachtete ihn. Die oberste Kiste ähnelte stark der, die wir suchten.

Mit Anlauf sprang ich auf den Stapel, der danebenstand, und streckte mich, um nach dieser Kiste zu greifen. „Nath, pass auf!“ Jack, der meine Aktion bemerkt hatte, sah mir besorgt zu. Ich zog die Kiste vom Stapel: „Ich hab sie gefunden.“ Doch als ich mich triumphierend aufrichten wollte, begann der Kistenstapel unter mir gefährlich zu schwanken. Ich warf die Kiste herunter, um mein Gleichgewicht wiederzuerlangen, aber es war zu spät. Ich taumelte und fiel. Ich schloss die Augen, weil ich nicht sehen wollte, wie ich auf den Boden aufschlug, doch so kam es nicht. Jack, der eben noch am anderen Ende des Raumes gestanden hatte, fing mich auf. Na ja, er versuchte es, doch auch er verlor das Gleichgewicht, als ich in seinen ausgebreiteten Armen landete. Gemeinsam fanden wir uns auf dem Boden wieder. Jack lag neben mir und pustete sich eine Haarsträhne aus dem Gesicht: „Du bist echt umwerfend, Nathan.“ Ich musste lächeln, als ich mich mit den Ellenbogen aufstützte und in sein schönes Gesicht sah. „Eines meiner Talente.“ Der Hybrid gluckste: „Umwerfend sein?“ Ich stimmte mit ein, während ich mich aufrichtete und mir den Staub von der Kleidung klopfte.

Jack stand ebenfalls auf und kam auf mich zu: „Warte, du hast da Spinnenweben in den Haaren.“ Dicht vor mir blieb er stehen und begann, die Spinnenweben aus meinen Haaren zu zupfen. Ich blieb still stehen und richtete den Blick zu Boden, um es Jack zu erleichtern. Als er fertig war, legte er zwei Finger unter mein Kinn und brachte mich dazu aufzusehen. Ich sah direkt in seine schönen Augen. Was bei allen Göttern tat er da? Wieso verwirrte er mich so? Und warum konnte ich ihn nicht einfach wegstoßen wie alle anderen? Selbst Nia gegenüber konnte ich kalt und berechnend sein, doch nicht in diesem Augenblick. Nicht bei ihm. Es war, als sähe er direkt hinter meine Fassade. Direkt in mein Herz. Wann hatte er es geschafft, meine kalte Fassade zu zerschlagen? Bei allen anderen war ich distanziert und kühl, bei ihm konnte ich das nicht.

„Wir - wir sollten runter." Ohne auf eine Antwort zu warten griff ich nach der Kiste und lief zur Treppe. Ich spürte seine Blicke in meinem Rücken, drehte mich aber nicht mehr um. Wir hatten noch verdammt viel zu tun, und mein Gefühlschaos konnte ich wann anders ordnen. Also lief ich ins Wohnzimmer und stellte den Karton auf den Kaffeetisch. Ich öffnete den Deckel und zog eine Packung mit Luftballons heraus. Jack, der gerade in den Raum kam, reichte ich die Luftschlangen: „Du bist größer, versuch, die da oben an die Lampen zu bekommen." Er nickte nur, kam meiner Aufforderung nach und begann, die Luftschlangen im Raum zu verteilen.

Ich erwischte mich immer wieder dabei, wie ich zu ihm hinübersah. Was war nur los mit mir? Als der Raum fertig geschmückt war, ließ ich mich erschöpft aufs Sofa sinken. Ich sah mich um. Überall rollten Luftballons im Raum herum, eine dicke, rote Achtzehn schmückte die weiße Wand und Luftschlangen hingen wie Lianen von der Decke. Mit zwei Schüsseln voller Knabbereien kam Nia herein und sah sich erstaunt um: „Hey, Jungs, super, ich bin stolz auf euch!" Jack, der auf einem der weißen Sessel saß, lächelte meine Schwester breit an: „Hast du uns wohl nicht zugetraut, was?" „Doch, das habe ich." Ich sah zu meiner Schwester. Sie lächelte mir kurz zu, ehe sie den Raum verließ. „Ihr könntet ja Luce und Tim im Garten helfen, die bringen gerade die Girlanden an," rief sie noch über die Schulter zurück. Ich sah zu Jack, der sich bereits erhoben hatte und sich auf den Weg in Richtung Garten machte. Nicht einmal zwei Minuten konnte sie mich sitzen sehen! Manchmal hatte sie echt etwas von einer Sklaventreiberin. Doch alles war mir lieber als die Harpyie, die manchmal zu Vorschein kam. Wobei unsere Eltern mir immer wieder versicherten, dass sich ein solcher Wandler nie in unsere Blutlinie gemischt hatte. Erschöpft raffte ich mich auf und folgte Jack hinaus ins Freie.

Im Garten hangelte sich ein Affe von Baum zu Baum und brachte die Laternen in die Baumkronen. „Echt nice, wenn man einen Metamorph zum Freund hat." Jack grinste und beobachtete Tim in seiner Affengestalt. Ich nickte und sah zu Luce, der dem Affen die Laternen anreichte. Er wirkte wie weggetreten. Sein Gesicht war ausdruckslos, und genau das gab mir zu denken. Ihn belastete das Ganze noch immer und ich wusste nicht, was ich sagen sollte. Jack boxte mir gegen den Oberarm und holte mich so aus meinen Gedanken: „Komm, Nath, wir helfen den beiden mal." Ich nickte und ging zu Luce: „Hey Luce, braucht ihr noch Hilfe?" „Ne, wir sind fast fertig," mein bester Freund drehte sich zu mir um und lächelte mich an. Ich nickte, um ihm zu zeigen, dass ich ihn verstanden hatte, und ging wieder ins Haus. Jack war im Garten stehen geblieben.

Ich ging in die Küche, in der Chiara gerade dabei war, einige Minipizzen auf einen Teller zu drapieren. „Das riecht echt gut, Chiara." Sie drehte sich zu mir um und grinste mich an, kam auf mich zu und warf ihre dunkelbraunen Haare über die Schulter: „Danke, Tesoro mio! Ich möchte dir auch noch zum Geburtstag gratulieren." Ich schmunzelte, während Chiara mich in ihre Arme zog. Sofort versteifte sich mein Körper. Früher hätte ich sie enger an mich gezogen und ihr die Haare aus dem Gesicht gestrichen, doch heute nicht. Wie auch in letzter Zeit schon nicht. Chiara und ich hatten eine besondere Beziehung, schon immer gehabt. Doch etwas hatte sich geändert, und auch sie schien es zu merken. „Du warst ja lange nicht mehr bei mir, Nath, was ist los?" Sie ließ mich los. „Nichts, es ist alles gut." Chiara schüttelte den Kopf: „Verkauf mich nicht für dumm. Ich kenne dich seit deiner Geburt und habe tausend Jahre Lebenserfahrung. Du verhältst dich anders, was bei dir nicht unbedingt schlimm ist." Mir entfuhr ein Seufzen: „Ich weiß nicht, worauf du hinaus willst." „Normalerweise kommst du einmal die Woche vorbei, um dich abzulenken. Doch du warst seit Monaten nicht mehr bei mir, und du rauchst mehr, das riecht man an deiner Kleidung. Und wenn ich dir zu nahekomme, weist du mich wieder und wieder ab. Also erzähl mir nicht, dass alles okay ist!" Ich vermied es, in ihre grauen Augen zu sehen, mit denen sie direkt in meine Seele blicken konnte. „Du hast ja recht, Chiara, es ist ganz und gar nichts in Ordnung." Ich ließ mich auf einen Küchenstuhl fallen und raufte mir die Haare.

Der Zeitgeist setzte sich neben mich und legte mir eine Hand auf die Schulter: „Was ist los, Ragazzone?" Ich seufzte und sah ihr zum ersten Mal während des Gesprächs in die Augen. Am Ende hatte ich ihr ja doch nie etwas vormachen können. „Weißt du, wie schlimm es ist, sich machtlos zu fühlen? Ich … Über mir bricht gerade so viel zusammen. In Mysteria geht es drunter und drüber, Melissas Tod und dann noch die Prüfung in wenigen Tagen ..."

Chiaras Gesichtszüge wurden weich und sie lächelte mich an: „Das bedeutet nur, dass die Mauer, die du um dein Herz gezogen hast, bröckelt. Du fängst an, etwas zu empfinden und deine Umwelt wieder wahrzunehmen."

Ich sah sie nur an, während sie weitersprach: „Ich hätte nicht gedacht, dass das jemand schafft. Wenn dir jemand zeigt, was du verpasst, dann schlag ihn nicht weg wie ein verletztes Tier." Ihr Blick ruhte auf mir und erwartete eine Antwort. Mir fehlten die Worte. Ich wusste nicht, was ich sagen sollte. In meinem Inneren wusste ich, das sie recht hatte, doch war ich bereit, es einzusehen? „Ich bin nicht blind und habe gesehen, wie er dich ansieht. Wenn er dich nicht mindestens genauso will wie du ihn, dann höre ich auf zu zeichnen." Das war eine feste Aussage. Sie legte eine Hand auf mein Knie und sah mich ernst an. „Störe ich bei irgendwas?" Jack hatte die Küche betreten und musterte uns abschätzend. „Oh nein, nein. Ich gehe mal zu Nia ins Wohnzimmer", Chiara stand auf und griff nach dem Teller mit den Minipizzen. Bevor sie sich zum Gehen wandte, beugte sie sich noch einmal vor zu mir: „Genau davon habe ich geredet." Mit einem lieblichen Lächeln ging sie an Jack vorbei aus der Küche.

Die Party hatte mittlerweile begonnen und ich saß neben Tim auf dem Sofa. „Ich hätte nicht gedacht, dass so viele Leute in euer Haus passen." Tim sah in die Menge von Leuten, die beim Buffet standen oder sich auf der provisorisch hergerichteten Tanzfläche zur Musik bewegten. Ich nickte zustimmend und griff nach einer Bierflasche: „Ich tatsächlich auch nicht. Aber Nia macht manchmal Unmögliches möglich. Apropos, wo steckt meine Schwester?" Tim deutete auf die Tanzfläche. Zwischen den vielen tanzenden Schülern erkannte ich Luce und meine Schwester. Sie hatte es also geschafft, Luce auf die Tanzfläche zu schleifen. Es hatte etwas Magisches an sich, wie Nia sich zu Musik bewegte. Ihre Bewegungen harmonierten mit denen ihres Tanzpartners, als hätten sie nie etwas anderes gemacht. Das sollte mich nicht wundern. Selbst im Training verstanden sich die beiden ohne Worte. Ich musste grinsen, als Luce mich hilfesuchend ansah. „Du solltest verschwinden, denn als Nächstes bist du dran." Ich nickte Tim zu und stand auf.

Mein Weg führte mich hinaus in den Garten. „Ist dir das da drinnen auch zu voll?" Ich bemerkte Jack, der in der Hollywoodschaukel saß. Seufzend ließ mich neben ihn sinken: „Es ist echt stickig da drin, ich brauchte frische Luft." Ich sah hinauf in die wolkenlose Nacht. Die Sterne leuchteten an diesem Abend heller, als ich es je zuvor gesehen hatte. Ein Lächeln huschte über meine Lippen: „Es ist einfach atemberaubend." „Ja, da hast du recht", doch Jacks Blick galt nicht dem Nachthimmel. Ich sah zu ihm hinüber, und unsere Blicke kreuzten sich. Seine atemberaubenden Augen durchbohrten mich buchstäblich. Jack beugte sich vor und legte eine Hand an meine Wange: „Wusstest du, dass deine Augen in der Dunkelheit so hell leuchten wie die Sterne?" Ich wollte etwas sagen, doch mir fehlten die Worte. Mein Kopf war wie leer. Ich konnte nur die letzten Zentimeter überbrücken, um unsere Lippen zu verbinden. Jack erwiderte den Kuss und zog mich näher an sich. Seine Arme hatte er um meine Taille gelegt. Für einen kurzen Augenblick, der sich wie eine Ewigkeit anfühlte, rückte alles in den Hintergrund. All der Stress, die Probleme und die anstehende Prüfung, all das war plötzlich unwichtig. Das Einzige, das zählte, waren wir, hier und jetzt. Erst als Jack von mir abließ, realisierte ich, was gerade passiert war. Jack hatte sich als Erster wieder gefangen: „Das - das war ein Fehler." „Jack, ich …" Weiter kam ich nicht, da fiel mir Jack ins Wort: „Ich sollte lieber gehen. Feiere noch schön." Ohne mich noch einmal anzusehen, stand er auf und ging zum Gartentor. Ich wollte aufstehen, ihm hinterherrennen und ihn in den Arm nehmen, doch ich blieb sitzen. Stattdessen sah ich zu, wie Jack den Garten und die Party verließ. Ich wollte etwas sagen, doch meine Stimme war weg. Ich saß allein auf der Hollywoodschaukel und starrte in die Dunkelheit.

„Hey Nath, hier bist du. Ich habe dich überall …" Nia war in den Garten hinausgetreten und kam direkt auf mich zu. „Nath, ist alles okay? Du siehst richtig aufgelöst aus." „Jack und ich haben uns geküsst." Ich brauchte nicht aufsehen, um zu wissen, dass ihr gerade die Kinnlade heruntergefallen war. Ich spürte, wie sie sich neben mich fallen ließ: „Nath, was ist passiert?" „Wir saßen hier und sind uns nahegekommen. Mann Nia, ich weiß doch selbst nicht, was passiert ist!" Meine Schwester legte eine Hand auf mein Knie und sah mich mit ihren blauen Augen aufrichtig an: „Hey, Nath, wir kriegen das schon wieder hin. Wo ist Jack jetzt?" Ich seufzte und deutete in Richtung Gartentor. „Okay, dann kriegen wir das morgen wieder hin. Komm mit rein und lass dich feiern. Es ist der letzte Tag, bevor der Ernst beginnt. Den solltest du nicht mit Trübsal blasen verbringen." Ich nickte, sagte aber nichts. Nia stand auf und reichte mir die Hand: „Komm mit. Wir werden uns morgen um alles kümmern." Sie ließ mir keine Zeit zu antworten und zog mich hinter sich her ins Haus zurück.

16. Kapitel
Jack

Ein lautes Poltern ließ mich hochfahren. Kerzengerade saß ich in meinem Bett und starrte auf den Flur. „Wer ist da?“ „Genauso beginnen die schlechten Horrorfilme dieser Menschen!“ Lunas Stimme ließ mich erleichtert aufatmen. Ich sah zu der hochgewachsenen Vampirin, die auf mich zuschritt: „So erleichtert, mich zu sehen? War gestern Abend so schlimm?“ „Nein, oder doch? Luna, ich habe mächtig Scheiße gebaut.“ Sie grinste breit, wobei man ihre spitzen Eckzähne sehen konnte: „Was hast du gemacht? Hast du dich abgeschossen? Jack, wir wissen doch, dass du nicht viel verträgst.“ Mir fiel nichts Besseres ein als den Kopf zu schütteln: „Ich wünschte, es wäre so gewesen, doch es ist schlimmer.“ Verzweifelt stützte ich den Kopf in die Hände und raufte meine Haare: „Ich habe Nath geküsst. Na ja, eigentlich hat er mich geküsst, aber ich wollte es.“

Luna entglitten sämtliche Gesichtszüge. Sie sah mich durch ihre roten Augen völlig verwirrt an. „Nathan Gaisgeachd? Du schenkst deinen ersten Kuss einem Jungen, den du dem Tod übergeben sollst? Jack, was geht in dir vor?“ „Wenn ich das wüsste, dann hätte ich ein Problem weniger. Luna, ich weiß, was meine Aufgabe ist ...“ Ich sah an die weiß gestrichene Zimmerdecke. Ich kannte meine Aufgabe und wusste, in welche Lage ich mich da gebracht hatte. Eine Hand auf meiner Schulter ließ mich zusammenzucken.

Meine beste Freundin sah mich einfühlsam an: „Jack, was empfindest du für Nathan?“ Verzweifelt sah ich zu Luna: „Ich weiß es nicht, verdammt!“ „Doch, das weißt du, und es wird Zeit, dass du dein Leben in den Griff bekommst!“ Ich wollte gerade zu einer Antwort ansetzen, als mich die Türklingel unterbrach. „Luna, versteck dich!“ Ohne auf ihren Protest einzugehen, schob ich sie ins Badezimmer. „Bleib da drin! Und vor allem bleib leise.“ Luna schnaubte und ließ sich auf den Badewannenrand plumpsen.

Ich öffnete die Tür und sah direkt in giftgrüne Augen. „Nathan, was machst du denn hier?“ Der Silberhaarige schob sich an mir vorbei durch die Tür und sah mich abwartend an: „Ich glaube, wir müssen reden.“ „Ich wüsste nicht, worüber.“ Ohne ihn anzusehen, ging ich ins Wohnzimmer. Nath folgte mir und blieb im Türrahmen stehen. Er sah mich an, während ich mich aufs Sofa fallen ließ: „Du weißt, was ich meine, Jack. Ich rede von gestern Abend im Garten.“ Natürlich wusste ich, wovon er sprach. Ich hatte es auch gefühlt. Dieses Kribbeln. Plötzlich hatte ich meine Aufgabe vergessen. Ich hatte nur noch ihn gesehen. Ich wollte nur ihn, doch das ging nicht, und dass wusste ich.

Nathan kam auf mich zu und sah mich direkt an: „Ich verstehe, wenn du verwirrt bist. Das bin ich auch, aber wir sollten zumindest drüber reden.“ „Es gibt nichts zu bereden, da es da nichts gibt!“ Ich war aufgesprungen und wollte den Raum verlassen, doch Nath hielt mich am Arm fest. Ich sah zu ihm und direkt in seine strahlenden Augen. Sie hatten einen besonderen Ausdruck, den ich bei Nathan noch nie gesehen hatte. Sie hatten etwas Verletzliches. Es war, als könnte ich direkt in seine Seele sehen. „Doch, das gibt es, und das wissen wir beide.“ Ich schüttelte nur den Kopf. Sein versteinerter Blick beraubte mich aller Worte. Ich konnte ihn nur noch ansehen. Wenn die Umstände anders wären, würde ich ihn packen, an die Wand drücken und ihn nie wieder gehen lassen. Doch die Umstände waren nun einmal nicht anders, und so blieben mir einzig meine Gedanken. Ich schüttelte den Kopf, wenn auch mehr, um nicht den Verstand zu verlieren: „Nathan, ich …“ Weiter kam ich nicht. Nathan hatte meinen Arm losgelassen und sah mich durchdringend an: „Sag mir einfach, dass du nichts für mich empfindest, und ich gehe.“ „Nath, das …“ „Sag es einfach, und ich verschwinde aus deinem Leben.“

Mir fehlten die Worte. Alles fühlte sich so surreal an. Ich setzte an, um etwas zu sagen, doch Nathan unterbrach mich wieder: „Sag‘s einfach!“ „Du hast recht, ich empfinde nichts!“ Sofort bereute ich, ihn angeschrien zu haben. Seit ich Nathan Gaisgeachd kannte, hatte ich ihn noch nie zurückweichen sehen. Er richtete seinen Blick auf den Boden und wandte sich zum Gehen. Im Türrahmen blieb er noch einmal stehen und drehte sich zu mir um: „Aber trotzdem, danke für alles." Mit diesen Worten ging er. Ich hörte das Zuschlagen der Haustür, doch ich konnte mich nicht bewegen. Wie angewurzelt stand ich da und starrte in Richtung Tür. Mein Kopf war leer. Da war nichts mehr. Kein einziger Gedanke, kein einziges Gefühl. Regungslos stand ich da und versuchte zu realisieren, was gerade passiert war.

Lunas Hand auf meiner Schulter holte mich zurück ins Hier und Jetzt. „Du liebst ihn." Auch wenn ich es bereits wusste, trafen mich ihre Worte wie scharfe Pfeilspitzen. Konnte ich ihn denn wirklich lieben? Ich wusste doch nicht einmal, was Liebe ist. Woher sollte ich auch wissen, wie es sich anfühlt. Ich hatte ja nie die Chance auf ein normales Leben. Das hier kam dem am nächsten, was ich nie haben sollte. Ich öffnete den Mund, um etwas zu sagen, doch ich konnte nur schluchzen. Meine Beine gaben nach und ich ließ mich schluchzend zu Boden sinken.

Luna hatte versucht, mich festzuhalten, sank jetzt mit mir zu Boden und schlang ihre Arme um mich. „Was soll ich nur tun? Ich will ihn nicht meiner Großmutter ausliefern! Doch ich will auch meine Mutter wieder!" Meine beste Freundin strich mir beruhigend über den Rücken: „Weißt du noch, was ich dir über die Zwillinge gesagt habe?" Ich nickte: „Du hast gesagt, dass ich sie noch lieben lernen werde." „Genau. Doch eines habe ich nicht gewusst." Ich sah sie neugierig an, um ihr zu zeigen, dass sie weiterreden sollte. Ein warmes, herzliches Lächeln zeichnete sich auf ihren Lippen ab, als sie weitersprach: „Ich habe nicht gedacht, dass Nathan lieben lernt." „Wie soll ich denn das verstehen?" Luna lächelte sanft: „Ich kenne Nathan nun schon sehr lange und habe ihn in Beziehungen gesehen. Nie wirkte er so verletzlich wie bei dir." Ich sah sie an und wusste nicht, was ich dazu sagen sollte.

„Nathan Gaisgeachd hat noch nie geliebt, doch jetzt ist es anders. Seit Alex' Tod hat er niemanden mehr an sich herangelassen. Er hat eine Schutzmauer um sich und sein Herz gezogen. Nur du hast es geschafft, ihn zu berühren. Ich rede nicht von körperlicher Berührung, denn diesen Kontakt hatte er ja sehr wohl zu anderen Menschen. Du aber hast sein Herz berührt." Mir fehlten die Worte. Lunas Sätze hatten mich angerührt, doch noch immer stand ich vor demselben Problem. Die Vampirin erhob sich und lächelte mich an: „Denk über meine Worte nach, Jack, ich muss zurück." Damit verließ sie meine Wohnung.

Als ich am Montagmorgen das Haus verließ, ging es mir nicht besser als am Sonntag. Am liebsten wäre ich einfach liegen geblieben und hätte mich krankgemeldet, doch so war ich nicht erzogen worden. Meine Mutter hatte mir immer gesagt, dass ich mich meinen Problemen stellen solle, und das tat ich auch. An der Kreuzung, an der ich die Zwillinge immer traf, stand nur Nia, die mich müde anlächelte. „Wo - wo ist Nathan?", fragte ich vorsichtig, obwohl ich mir die Antwort schon denken konnte. Nia sah mich an: „Er braucht Abstand." Ich nickte. Was hatte ich auch erwartet, immerhin hatte ich ihm gesagt, dass ich nichts fühle. Schweigend liefen wir zur Schule. So unwohl hatte ich mich nie gefühlt. Nia schwieg den ganzen Weg über. Mir wäre es lieber gewesen, wenn sie mir Vorwürfe gemacht oder mich angeschrien hätte. All dies wäre mir lieber gewesen als diese Stille zwischen uns. Es war kein angenehmes Schweigen, eher eine stumme Schuldzuweisung. Wieso sprach sie nicht aus, was sie dachte? Mir war klar, dass Nia mir nie sagen würde, was sie gerade dachte, das machte mich umso mehr fertig. Vorm Schultor blieb die Kleine plötzlich stehen. Ich hielt ebenfalls an und sah zu ihr hinunter. „Ich weiß, ich sollte mich nicht einmischen, doch ich tu es. Nathan hat mir alles erzählt. Du bist mein Freund, doch Nathan ist mein Bruder, und da ist das Problem." Sie holte tief Luft, ehe sie weitersprach. „Seit dem Tod unseres Bruders habe ich ihn nicht mehr so erlebt wie in den letzten Monaten mit dir. Er ist wieder glücklich, oder zumindest so was Ähnliches. Keine Schlägereien, keine One-Night-Stands, kein Einschließen im Zimmer und mit niemandem reden. Was auch immer du mit ihm gemacht hast, es war verdammt gut. Deshalb bitte ich dich, tu ihm nicht weh!“ Ich holte tief Luft und sah in ihre eisblauen Augen: „Wenn du wüsstest, Nia. Mein Leben ist nicht einfach. Ich habe Probleme, die ich in den Griff bekommen muss. Nathan ist …“

Ich legte eine Pause ein, um meine Worte noch einmal zu überdenken: „Nathan ist einzigartig und hat jemanden verdient, der ihm alles geben kann. Ich kann das nicht …“

Ich wartete nicht auf eine Antwort und ging. Ich erwartete nicht, dass sie es verstand. In meinem Leben hatte ich noch nie so empfunden. Vielleicht war es darauf zurückzuführen, dass ich Castel Van Raven nie verlassen durfte. Nathan hatte mir die letzten Monate so viel Freiheit geschenkt, wie ich sie in meinen zwanzig Lebensjahren nie zuvor hatte.

17. Kapitel
Nathan

Morgen war der große Tag. Morgen stand unsere Prüfung auf den Plan und ich war mit meinen Gedanken ganz wo anders. Jack und ich hatten seit dem Sonntag nach meinem Geburtstag nicht mehr miteinander geredet. Ich würde lügen, wenn ich behaupten würde, dass es mir egal gewesen wäre. Eher im Gegenteil, es machte mich innerlich fertig. Wenn er bei uns saß, schwieg er und mied Blickkontakt. Luce und Tim versuchten zwar tatkräftig, mich abzulenken. Dies funktionierte auch für den Moment, doch spätestens nachts kam alles wieder hoch.

Ich saß mit Nia und Tim am Frühstückstisch und starrte in meine Müslischüssel. „Er hat noch gar nichts gegessen", hörte ich Nias Stimme. Tim zuckte mit den Schultern: „Vielleicht hat er keinen Hunger." „Nathan und keinen Hunger!" Ich sprang auf und donnerte die Faust auf den Tisch: „Hört auf, so zu reden, als würde ich euch nicht hören!" Die beiden starrten mich mit weit aufgerissenen Augen an, schwiegen aber endlich. Der Appetit war mir allerdings gründlich vergangen. Ohne die beiden noch eines Blickes zu würdige, verließ ich die Küche und ging in die Garage. Ich nahm meine Jacke vom Kleiderständer und schob mein Motorrad hinaus auf die Straße. Das Einzige, das mir noch helfen konnte, den Kopf frei zu bekommen, war eine Runde durch die kalte Herbstluft. Wo mein Ziel lag, wusste ich noch nicht. Ich würde so lange fahren, bis mir etwas einfiel. Die Bäume waren mittlerweile kahl und ihre Blätter lagen wie ein bunter Teppich auf dem Waldboden. Die knochigen Äste warfen Schatten auf die Straße.

Mein Weg führte mich zum See. Das Motorrad ließ ich am Feldweg stehen und lief den kleinen Trampelpfad entlang. Unten ließ ich mich ins Gras unter der alten Trauerweide fallen und starrte auf den See hinaus. Ohne es zu wollen, kamen die Erinnerungen an Melissa wieder in mir hoch. Ich schauderte, als ich an ihren leblosen Körper dachte. Luces Vater hatte es tatsächlich geschafft, es aussehen zu lassen, als sei sie nur ertrunken. Für die Menschen war die Sache damit geklärt, doch in Mysteria brodelte es wie in Merlins Hexenkessel. Dad erzählte zwar nicht viel, doch an seiner Laune konnte man das deutlich erkennen. Die Sirenen stritten natürlich ab, für den Tod eines irdischen Wesens verantwortlich zu sein. Obwohl die Autopsie eindeutig das giftige Sekret der Sirenen in den Wunden der Toten nachgewiesen hatte.

„Schon eigenartig hier, oder?", eine Stimme ließ mich aufschrecken. Jack setzte sich neben mich und schenkte mir ein schüchternes Lächeln. Ich nickte und fragte: „Was suchst du hier?" Der Dunkelhaarige sah auf den See hinaus: „Vermutlich das gleiche wie du, nachdenken." Mir entfuhr ein hohles Lachen: „Worüber musst du denn nachdenken?!" „Nathan, es gibt da etwas, das du nicht weißt …", seine dunklen Augen durchbohrten mich förmlich. Skeptisch zog ich eine Braue hoch: „Und was? Was hält dich von mir fern?" „Da wäre so einiges." Es war ziemlich deutlich, dass er laut gedacht hatte. Ich sah ihn an: „Was, Jack? Was ist so schlimm, dass du es verheimlichst?" Seine Augen leuchteten kurz rot auf, als er mich ansah: „Einfach die ganze Situation, Nathan!" „Welche Situation? Mann, hör auf, in Rätseln zu sprechen." Ich spürte eine Hand an meiner Wange. Jack sah mir tief in die Augen, während er näher zu mir rückte: „Du hast recht, ich weiß, wie du fühlst."

Er ließ mir keine Zeit zum Antworten. Blitzschnell hatte er die letzten Zentimeter überbrückt, die uns trennten. Wie im Garten durchfuhr mich ein angenehmer Schauer, als wir unsere Lippen gegeneinander bewegten. Ich schlang meine Hände um seinen Nacken und zog ihn näher an mich heran. Noch einmal würde ich ihn nicht gehen lassen. Die Leidenschaft in diesem Kuss war überwältigend. Ich wollte ihn, nur ihn. Was auch immer sein Problem war, es war mir egal. Viel zu schnell lösten wir uns voneinander. Doch dieses Mal dachte keiner von uns daran zu gehen. Wir saßen da, mit geschlossenen Augen, Stirn an Stirn. Ich spürte seinen

Atem auf meiner Haut und bekam eine Gänsehaut. „Geh nicht", meine Stimme klang flehend, wie ich es von mir nicht kannte. Jack kicherte leise: „Das habe ich nicht vor." Erneut verbanden sich unsere Lippen zu einem Kuss, einem Kuss voller Sehnsucht. Als hätten wir ein Leben lang darauf gewartet, und nun war es endlich so weit. Mir fiel eine Steinlawine vom Herzen, weil er blieb.

Ich weiß nicht, wie lange wir einfach nur saßen und die Zeit genossen. Erst als die Sonne unterging und es langsam kalt wurde, beschlossen wir, uns auf den Rückweg zu machen. Oben bei meinem Motorrad warf ich Jack meinen Helm zu: „Komm, ich fahr dich nach Hause." Er fing zwar den Helm, schüttelte aber den Kopf: „Nein du hast nur einen Helm. Abgesehen davon schadet es mir auch nicht zu laufen." „Kommt nicht infrage! Es ist dunkel und ich bringe dich nach Hause." Jack wollte zu weiterem Protest ansetzen, doch ich stülpte ihm den Helm über den Kopf und zog ihn hinter mir aufs Motorrad: „Hör auf, mir zu widersprechen. Wenn ich sage, dass ich dich mitnehme, dann tu ich das auch." Auch wenn ich es nicht sehen konnte, wusste ich, dass Jack gerade die Augen verdrehte. Zögernd legte er seine Hände auf meine Hüfte und ich fuhr los.

Als ich vom Feldweg auf die befestigte Straße kam, beschleunigte ich das Tempo. Jack hatte Angst, den Halt zu verlieren, und schlang seine Arme um mich. Es war ein verdammt gutes Gefühl, ihm so nahe zu sein. Ich wusste nicht, wann ich angefangen hatte, so zu empfinden. Doch ich bereute nichts. Trotz all dem Chaos, das momentan in meinem Leben herrschte, fühlte ich mich in diesem Moment ganz frei, kurz hatte ich das Gefühl, alles zu schaffen. Ich hielt vor Jacks Haustür und ließ ihn absteigen. „Willst du noch mit reinkommen?", fragte Jack. Ich nickte und stellte mein Motorrad ab: „Sehr gerne." Gemeinsam betraten wir das Haus und gingen ins Wohnzimmer. Jack rutschte neben mir auf dem Sofa unruhig hin und her. „Jack, was ist los?", wollte ich wissen. „Das ist nicht so einfach zu erklären, Nath." Der Hybrid vermied es, mich anzusehen. Was konnte es nur sein, das ihn so verunsicherte, und warum erzählte er es mir nicht? Ich legte ihm eine Hand auf den Oberschenkel und sah ihn aufmunternd an: „Egal, was es ist, wir bekommen es hin." „Schön wär's ..." „Jack, was bedrückt dich, verdammt?", mein Geduldsfaden drohte zu reißen. Ich musste an mich halten, um nicht laut zu werden. Jack begann zu reden, sah mich aber nicht an: „Es war kein Zufall, dass wir uns getroffen haben. Ich bin mit einer Aufgabe in die Menschenwelt gekommen, Nathan." Ich sah ihn völlig verwirrt an. Uns hatte er doch erzählt, er sei in dieser Welt geboren worden. Er bemerkte meinen Blick und sprach weiter: „Mein wahrer Name ist Jacklyn Van Raven. Ich bin der Enkel der Königin Van Raven. Meine Großmutter hat sich auf die Unterwelt eingelassen, und zum Dank dafür hat einer dieser Dämonen meine Mutter entführt. Als ... als Austausch gegen ihr Leben will er die magischen Zwillinge."

Ich wusste nicht, was ich sagen sollte, und starrte Jack an. Er sprach weiter: „Am Anfang sah das alles für mich ganz einfach aus. Ich sollte zwei mir völlig fremde Menschen gegen meine Mutter eintauschen. Der Plan war, euer Vertrauen zu gewinnen." Ich spürte, wie meine Augen anfingen zu brennen, doch ich blinzelte die Tränen weg: „Also war alles nur gespielt? Du hast uns alle nur verarscht!" Jack schüttelte den Kopf: „Nein, Nath, so war das nicht!" „Worauf wartest du noch? Du hast mich doch und Nia bekommst du auch noch! Los, bring uns zu den Vampiren!" Ich sprang auf und funkelte Jack herausfordernd an. „Nathan, lass mich ausreden!" Ich lachte hohl: „Was willst du erklären? Wie schlimm es für dich ist!?" Voller Wut schleuderte ich ihm einen Feuerblitz entgegen. Jack wich jedoch geschickt aus, sprang auf und ergriff meinem Arm. „Jetzt hör mir doch zu, verdammt!" Sein eiserner Griff ließ mich sofort erstarren. „Ja, ich wollte euch ausliefern. Meine Mutter ist alles, was ich habe. Ihre Mutter, meine Großmutter, hasst mich für das, was ich bin. Ich bin nun einmal ein Hybrid, und das passte ihr nicht. Sie hat mich mein Leben lang im Schloss eingesperrt. Wenn meine Mutter und Luna nicht gewesen wären, wäre ich vermutlich durchgedreht. Meine Mutter ist mir mindestens genauso wichtig wie dir Nia." Mir fiel es wie Schuppen von den Augen. Davor hatte Luna mich gewarnt. Jack sprach weiter: „Ich wollte alles tun, um sie wiederzubekommen. Doch dann habe ich euch kennengelernt. Ich … ich habe mich in dich verliebt, Nath. Deshalb erzähl ich dir das alles." Er sprach mit leiser Stimme. „Ich liebe meine Mutter. Doch dich liebe ich auch."

Seine Worte trafen mich wie Pfeilspitzen. Ich schluckte schwer, als ich in sein tränennasses Gesicht sah. „Ich … ich glaube, ich sollte gehen." Ohne ihn noch einmal anzusehen, löste ich meinen Arm aus seiner Umklammerung und ging zur Tür. „Nathan, bitte …", seine Stimme klang flehend, doch ich drehte mich nicht noch einmal um. „Ich muss darüber nachdenken, Jacklyn." Mit diesen Worten zog ich die Haustür hinter mir zu.

Draußen begrüßte mich die kalte Nachtluft. Es war eine sternenklare Novembernacht. Eine kleine Sternschnuppe huschte über den Nachthimmel, doch ich schenkte ihr keine Beachtung. „Welch ein Chaos …", ich setzte meinen Helm auf und machte mich auf den Heimweg. Kaum betrat ich das Haus, wurde ich von einer völlig hysterischen Nia überfallen. Wutschnaubend stemmte sie ihre Hände in die Hüfte und starrte mich anklagend an: „Wo, bei den Göttern, warst du?! Morgen ist unsere Prüfung und ich bin am Durchdrehen!" Das war nichts Neues bei ihr. Ohne auf ihre Frage einzugehen, drückte ich mich an ihr vorbei und ging hinauf in mein Zimmer. Erschöpft und völlig fertig ließ ich mich auf mein Bett fallen. Ich war mehr als nur verwirrt. Am meisten verwirrte mich, dass ich nicht wütend war.

„Nathan …", Nias Stimme kam schüchtern von der Tür. Ich brummte nur. Zögernd trat meine Schwester in mein Zimmer und kam auf mich zu: „Es tut mir leid, wie ich eben zu dir war. Ich habe Angst vor morgen." Sie setzte sich neben mir aufs Bett und sah mich an: „Was ist los?" Ich lehnte mich an die Wand und legte den

Kopf in den Nacken: „Ich habe Jack getroffen und wir haben geredet. Na ja, erst haben wir uns geküsst.“ Meine Schwester neben mir quietschte vor Freude auf: „Und? Seid ihr jetzt zusammen?“ Ich zuckte mit den Schultern: „Das ist alles nicht so einfach, Nia.“ Auf ihren fragenden Blick hin begann ich zu erzählen. Vom See, von der Heimfahrt und von dem Gespräch bei Jack in der Wohnung. Von seiner Großmutter, der Vampirkönigin, bis zu seiner gefangenen Mutter. Auch von seinem Liebesgeständnis erzählte ich meiner kleinen Schwester. Nia starrte mich mit weit aufgerissenen Augen an. Ich glaube, es war das erste Mal in meinem Leben, dass ich sie sprachlos erlebte.

„Mann, Nia was soll ich denn machen?“ „Was du machst, weiß ich nicht, aber ich werde diesen Jacklyn umbringen!“ Nia war aufgesprungen und drauf und dran, aus meinem Zimmer zu stürmen. Ich packte sie und zog sie zurück auf mein Bett: „Nein, Niechen! Das wirst du ganz bestimmt nicht tun!“ Meine Schwester schnaubte beleidigt, fragte dann aber: „Du liebst ihn, oder?“ Verzweifelt stützte ich den Kopf in die Hände: „Ja, verdammt!“ Nia nickte und lehnte sich gegen mich: „Wir schaffen das schon zusammen. Nach unserer Prüfung morgen kümmern wir uns darum.“ Ich nickte, und gemeinsam ließen wir uns zurückfallen. Schulter an Schulter, wie wir es schon als kleine Kinder getan hatten, lagen wir in meinem Bett und starrten an die Decke. Irgendwann schliefen wir genau so ein.

18. Kapitel
Nathan

Es war noch früh am Morgen, als wir mit Luce und Tim in der Küche saßen. Unsere Eltern waren bereits in Mysteria, um alles für die Prüfung vorzubereiten. „Bitte was?!“ Luce starrte Nia mit weit aufgerissenen Augen an. Meine Schwester hatte unseren Freunden gerade von gestern erzählt. Zu meiner Erleichterung hatte sie den Teil mit dem Kuss und Jacks Liebesgeständnis ausgelassen. „Du hast schon richtig gehört, wir sind verarscht worden!“, in Nias Stimme schwang Verachtung mit. Ich saß schweigend neben Tim und sagte nichts. Die Prüfung war vergessen, im Moment zählte für Luce und Nia nur Jacks mieses Spiel. Ich spürte Tims Blick auf mir, doch der Blondschopf schwieg. Man kannte es bei ihm nicht anders. Er war nun mal der Schweigsamste von uns. Das bekannte Geräusch drang von der Abstellkammer zu uns und wenig später öffnete sich die Tür. Mum betrat die Küche und lächelte uns an: „Es ist so weit. Kommt mit.“ Wir antworteten nicht, standen auf und folgten ihr.

Als wir wieder ins Freie traten, standen wir vor der Gebirgskette Mysterias. Dad stand mit den Ältesten des Rates am Fuße eines Berges. Er lächelte, als er uns erblickte und kam auf uns zu: „Harmonia, Nathan. Da seid ihr ja. Eure Prüfung beginnt in wenigen Minuten.“ Wir nickten und sahen in die Runde. Die Vertreter der verschiedenen Stämme lächelten uns höflich an. Ich stellte schnell fest, dass Luna fehlte. Was mich sehr verwunderte. Sie war nicht nur die Vertreterin der Vampire, sondern eine Freundin der Familie. Der älteste der Abgeordneten trat vor und sah uns an: „Nathan und Harmonia Gaisgeachd. Tretet vor.“ Nia und ich gehorchten und traten vor den Elfen. Der legte jeweils eine Hand auf Nias und meinen Kopf: „Hiermit gebe ich euch den Segen der Götter. Mögen sie euch auf eurer Prüfung begleiten.“ Danach trat er zu Seite und deutete auf den Eingang einer Höhle: „Viel Erfolg.“

Gemeinsam mit meiner Schwester betrat ich die Höhle. „Ist dir aufgefallen, dass Luna nicht da war?“ fragte Nia. Natürlich war mir das aufgefallen, doch darüber wollte ich mir jetzt nicht den Kopf zerbrechen. Dieser ganze Vampirclan spukte mir schon genug im Kopf herum. Ich griff nach einer Fackel an der Wand und entzündete sie. Wir standen in einem Gang, der ins Innere des Berges führte. Nia hatte ihre Hand ausgestreckt. Aus ihrer Handfläche schoss ein Energiekegel wie der Schein einer Taschenlampe. Schweigsam liefen wir nebeneinander den Weg entlang, bis wir in einer großen Höhle ankamen. „Nathan, sieh nur!“, meine Schwester deutete auf die Wände, in die Statuen eingemeißelt waren.

Ich staunte nicht schlecht. Die Wände dieser Höhle erzählten Mysterias Geschichte. Ich nickte und leuchtete mit der Fackel die Wände entlang: „Such nach etwas, was uns weiterhilft.“ „Nath, guck mal hier!“ Nia deutete auf einen in die Wand eingravierten Text.

Ich erkannte sofort, worum es sich handelte. Meine Schwester begann laut zu lesen: „Wenn die Finsternis sich erneut erhebt und der Himmel sich verdunkelt, werden zwei Krieger, geboren zur Zeit des Sternenschauers, auftauchen. Blut des alten Blutes. Sie werden die Stämme vereinen und Licht in die Dunkelheit tragen.“

Ich sah zu meiner Schwester, die mit ihrer Hand über die Gravur fuhr. „Das ist unsere Prophezeiung, Nia.“ Nia nickte, während sie weiter die Wand inspizierte. „Nath, der Stein hier ist lose!“ Sofort stand ich hinter ihr und fuhr über den Stein, auf den sie deutete. Tatsächlich, der Stein bewegte sich leicht, ließ sich aber nicht verschieben, ja nicht einmal rütteln. Meine Schwester sah mich an: „Vielleicht mit unseren Kräften?“ Das ließ ich mir nicht zweimal sagen. Kaum war Nia ein gutes Stück vom Stein weg, streckte ich die Handfläche aus und schleuderte einen Wasserstrahl in Richtung des Steines. Je mehr Kraft ich aufbrachte, desto mehr hatte ich das Gefühl, dass sich nichts rührte. „Nathan, das hat keinen Sinn!“ Meine Schwester hatte recht. Ich ließ von dem Stein ab und sah zu Nia, die den Stein musterte. Wasser hatte nicht funktioniert, aber vielleicht Feuer? Wozu war ich der Herrscher aller Elemente? Nia konnte dem Feuerschwall, der aus meiner Handfläche schoss, gerade noch ausweichen. Doch auch mit Feuer konnte ich bei diesem verfluchten Stein nichts bewegen.

„Sag mal, geht's noch?! Du hättest mich fast abgefackelt!" Meine Schwester sah mich wütend an. Ich zuckte mit den Schultern und starrte auf den verflixten Stein. Nicht einmal Ruß war darauf zu sehen. Nia grummelte wilde Beschimpfungen vor sich hin, als sie sich auf den kalten Steinboden sinken ließ. Verzweifelt schlug ich die Hände über dem Kopf zusammen: „Das darf doch nicht wahr sein!" Planlos ließ ich mich neben meiner Schwester niedersinken. Jahrelanges Training, und wir scheiterten bereits an der ersten Aufgabe. Dad würde uns verstoßen, wenn er das sehen würde. „Ich glaub das alles nicht!" Nia griff nach ein paar Kieselsteinchen und schmiss sie gegen die Höhlenwand. Ich legte den Kopf in den Nacken und starrte an die Decke: „Es muss doch eine Möglichkeit geben, diesen Stein zu bewegen."

Meine kleine Schwester starrte gedankenverloren an die Wand. Plötzlich sprang sie auf und klatschte in die Hände: „Ich hab´s!" Ich sah verwundert zu ihr auf, sie grinste mich an. „Was hast du?" „Die Prüfung testet verschiedene Kriterien. Meistens bezogen auf Stamm oder Aufgaben. Wir beide sind Zwillinge und sollten deshalb zusammenhalten." Jetzt verstand ich: „Du denkst also …" „Ganz genau. Wir müssen es zusammen versuchen!" Gemeinsam stellten wir uns vor den Stein und streckten unsere Hände in seine Richtung aus. Als unsere Hände den Stein berührten, glühte ein gleißend helles Licht auf. Wir wurden zurückgeworfen und landeten unsanft auf dem kalten Steinboden. Eine geisterhafte Gestalt erschien vor uns. Sie war fast durchsichtig und trug ein weißes bodenlanges Gewand mit einer Kapuze, die sie tief ins Gesicht gezogen hatte. Nur ihre gülden leuchtenden Augen lugten unter der Kapuze hervor. „Seid gegrüßt. Ich bin die Wächterin der Höhle und somit von allem, was in ihr verborgen liegt." Nia verbeugte sich und ich tat es, wenn auch etwas zögernd, meiner Schwester gleich. Die Gestalt fuhr fort: „Auf eurem Weg werdet ihr vor verschiedene Aufgaben gestellt. Ihr werdet in dem geprüft, was einen wahren Magical ausmacht: Mut, Zielstrebigkeit und Verstand. In dieser Prüfung werden euch eure Ängste ins Auge sehen." Ich schielte zu meiner Schwester hinüber, die zu der geisterhaften Gestalt sah. Diese trat zu Seite und deutete auf einen Durchgang, der hinter ihr erschienen war: „Mögen die Götter euch führen. Doch habt Acht. Wo Licht ist, ist auch Schatten." Nia und ich nickten beinah gleichzeitig und traten in den Durchgang. Hinter uns hörte ich, wie sich die Steine wieder vor den Zugang schoben. Langsam gingen wir den Gang entlang. Es war ekelig nasskalt und Tropfsteine hingen von der Decke. In der Schule hatten wir gelernt, dass diese Tropfsteine Namen hatten, doch ich konnte mir die nie merken. Nia wusste die Namen bestimmt, doch die lief hoch konzentriert voraus.

Wir waren bereits ein gutes Stück gelaufen, als der Weg sich gabelte. Meine Schwester, die endlich stehen blieb, drehte sich zu mir um: „Ich bin dafür, dass wir uns aufteilen. Ich nehme den linken Gang und du den rechten." „Haben wir nicht beim Stein schon gemerkt, dass wir zusammen stärker sind?" Sie hatte recht, doch irgendwas in mir sprach dagegen. Ich schüttelte den Kopf: „Wir sollten uns trennen." Nia willigte widerwillig ein und trat in den rechten Gang: „Wir sehen uns, Nath." Ich schmunzelte: „Ja, am Ziel." Wir blickten uns ein letztes Mal an, dann ging jeder seinen Weg.

Mein Weg führte mich immer tiefer in den Berg hinein. Je tiefer ich kam, desto stickiger wurde die Luft und desto schmaler wurde der Gang. Ich hatte das Gefühl, die Wände würden mich langsam erdrücken. Doch ich lief weiter. Platzangst war das Letzte, das ich jetzt brauchen konnte. Am Ende des Tunnels erschien ein warmes Licht. Auf den letzten Metern beschleunigte ich meine

Schritte und kam in einer weiteren Höhle an. Sie war größer als die andere und ähnelte einem Thronsaal. An den Wänden hingen verstaubte Bilder, und Ritterrüstungen waren ordentlich aufgestellt. Auf dem Thron am Ende des Raumes saß eine hochgewachsene, knochige Gestalt. Ich hatte sie bereits auf Bildern gesehen. Diese Augen würde ich überall wiedererkennen. Sie hatten die Farbe von geronnenem Blut. Alanza Van Raven, Königin der Vampire und damit Jacks Großmutter. Niemand in diesem Raum schien mich wahrzunehmen. Ich war nur ein unsichtbarer Zuschauer, nicht in der Lage, mich zu bewegen.

„Großmutter, ihr wolltet mich sehen", Jack war aus den Schatten direkt vor seine Großmutter getreten. Das alte Klappergestell erhob sich und funkelte Jack mahnend an: „Du hast uns verraten! Du hast dein eigenes Volk hintergangen!" Der Hybrid wich einen Schritt zurück: „Großmutter, ich - …"

„Schweig, Missgeburt!" Mit einer einfachen Handbewegung brachte sie ihn zum Verstummen. „Ich wusste, dass du versagst. Ja, ich habe es geahnt und mich der Sache angenommen." Zwei weitere Gestalten lösten sich aus dem Schatten. Eine blecherne Rüstung trat vor die Königin. Die zweite Gestalt schubste die Rüstung unsanft vor sich her. Ich erkannte sie sofort: Nia! Ich wollte rufen, zu ihr rennen, doch mein Körper sträubte sich dagegen. Jack sah seine Großmutter wutentbrannt an: „Wenn du ihr nur ein Haar krümmst, dann Gnaden dir die Götter!"

Wie auf ein stilles Kommando zog der Ritter sein Messer und rammte es meiner Schwester durch die Brust. „Nein!" Jack und ich schrien gleichzeitig auf, als wir sahen, wie das Leben aus ihren Augen wich. Sofort verwandelte sich Jack und ging auf den Ritter los.

Endlich schaffte auch ich es, mich aus meiner Starre zu lösen. Ich sprintete zu meiner Schwester, die leblos am Boden lag. Ihre Haut war kreidebleich und ihre Augen waren leer. Ich sah wieder Melissas Leiche vor mir, doch ich schüttelte schnell den Kopf. Das hier war nicht Melissa, es war Nia. Meine Nia! „Das hast du nicht gemacht!", wütend erhob ich mich. Hass überwältigte mich und ich drehte mich zu dem Ritter um, der immer noch gegen Jack kämpfte. So viel Hass hatte ich noch nie empfunden. Der Mörder meiner Schwester sollte leiden! Ich streckte die Hand aus und schickte einen gewaltigen Feuerstoß in seine Richtung. Nun erwachten auch die anderen Rüstungen im Saal zum Leben und stürmten auf mich zu.

Jack sprang hinter mich: „Ich gebe dir Rückendeckung!" Der Wolf warf sich auf die ersten Ritter und brachte sie zu Boden. Einen von ihnen beförderte ich mit einem Luftstoß zurück ans andere Ende des Saales. Das Schwert, das er fallen gelassen hatte, hob ich auf. Damit konnte ich den Schlag eines anderen Ritters parieren, der von hinten kam. Immer mehr Schläge hagelten auf mich ein und ich blockte ab, so gut ich konnte. Früher hatte ich das Waffentraining als unnütz empfunden. Jetzt war ich meinem Dad umso dankbarer. Ein Jaulen erregte meine Aufmerksamkeit. Jack lag am Boden. Über ihm ein Ritter, das Schwert zum finalen Schlag angesetzt. „Nein!", mein Schrei hallte im Saal wider. Der blutige Körper des schwarzen Werwolfs am Boden raubte mir den Atem. „Nein!"

Doch es war zu spät. Der Ritter ließ das Schwert auf Jack niederschlagen. Jack verwandelte sich zurück, und nun lag ein blutender Junge auf dem kalten Marmorboden. „Jack!" Ungeahnte Wut entflammte in mir, als er mich durch seine tränenverschleierten Augen ansah. Ich sah nur noch rot. Mir war alles egal, nur Jack zählte noch. Mit letzter Kraft ließ ich einen Feuerwall entstehen, der die Rüstungen zurückschleuderte. Ich hörte ihr Scheppern und ihre markerschütternden Schreie, als die lodernden Flammen sie erfassten. Das war mir egal. Auf wackeligen Beinen schwankte ich zu Jack und sank neben ihm zu Boden. „Nathan, dir geht es gut", Jack lächelte schwach. Ich schüttelte den Kopf und griff nach seiner Hand: „Alles wird gut, Jack." Meine Augen brannten und ich spürte, wie die Tränen sich ihren Weg über meine Wangen bahnten. Jacks Körper wurde von einem Hustenanfall erschüttert. Er hustete Blut. Verzweifelte drückte ich seinen Körper an meine Brust und vergrub mein Gesicht in seinen strubbeligen Haaren: „Bleib bei mir Jack, bitte!“ Ich hatte gerade schon Nia verloren, noch einen Tod konnte ich nicht ertragen. Jack sah mich durch seine einzigartigen Augen an. Mit letzter Kraft legte er eine Hand an meine Wange: „Ich liebe dich.“ Dann schloss er die Augen und seine Hand fiel leblos zu Boden. Sein Körper hing schlaff in meinen Armen.

„Jack!“ Ich konnte nicht mehr an mich halten, Schluchzer durchschüttelten meinen Körper und heiße Tränen rannen über meine Wangen. Jacks leblosen Körper drückte ich an mich, als könne er so wieder lebendig werden. „Das ist alles nur ein Traum. Das kann nicht real sein!“, immer wieder wiederholte ich diese Worte. „Ich bin in der Prüfung, das hier ist nicht real“, ich ließ von Jacks Körper ab und erhob mich. „Das alles hier war nicht real!“

Beherzt schloss ich die Augen. Das alles musste Teil der Prüfung gewesen sein. Ich hatte gerade meinen größten Ängsten gegenübergestanden. Als ich meine Augen wieder öffnete, war der Thronsaal verschwunden. Stattdessen stand ich in einer Höhle, die von fahlem Fackellicht erhellt wurde. „Nath?“, mein Blick fiel auf einen weiteren Tunnel. Jemand trat aus dem Schatten in den Lichtschein der Fackeln. Meine Schwester kam auf mich zu. Mir fiel eine Steinlawine vom Herzen, als ich ihre violetten Haare erkannte. „Oh Götter, Nia!“ Kaum war Nia bei mir, da zog ich sie schon in die Arme. Sie sah mich verwirrt an: „Alles okay, Nathan, oder sollte ich mir Sorgen machen?“ „Ich habe gerade das Schlimmste gesehen, das du dir vorstellen kannst!“ Nia nickte: „Das war Teil der Prüfung. Wir standen unserer größten Angst gegenüber.“ Ich nickte verstehend: „Was ist dir passiert?“ „Das erzähl ich dir in Ruhe. Jetzt müssen wir zusehen, dass wir den Ausgang finden.“ Meine Schwester griff nach meinem Handgelenk und zog mich mit sich.

Der Gang, den wir diesmal entlangschritten, war deutlich breiter, sodass wir nebeneinander gehen konnten. Die Luft war kühl und eine frische Brise wehte uns entgegen. „Wir müssten bald hier raus sein. Ich spüre die frische Luft in meinen Lungen", meine Schwester sog erleichtert die Luft ein. Ich nickte und sah weiter geradeaus. Wir waren bereits ein gutes Stück gelaufen, als wir ein Geräusch vernahmen. Aus dem Schatten vor uns löste sich eine Gestalt. Ein Wesen trat vor uns. „Sphinx …", Nias Stimme war fast nur ein Hauchen.

Die Sphinx sah zwischen meiner Schwester und mir hin und her: „Bis hierhin habt ihr es geschafft, doch zwischen euch und dem Ausgang steht noch mein Rätsel." Ich nickte und sah zu Nia, die das Wesen anstarrte. „Stell uns dein Rätsel, damit wir hier endlich raus können!"

Die Sphinx sah mich an: „Nicht so ungeduldig, Menschenjunge. Hier ist mein Rätsel." Sie richtete sich auf und sah uns an: „Wer sind die beiden Schwestern, die sich gegenseitig erzeugen?"

Mein Blick fiel auf meine Schwester, die immer noch wie hypnotisiert auf die Sphinx starrte. Sie war doch die Kluge von uns beiden. Doch im Moment starrte sie nur vor sich hin. Was sollten das denn bitte für Schwestern sein? Was erzeugte sich den bitteschön gegenseitig? „Tag und Nacht!", Nia hatte sich aus ihrer Starre gelöst und sah das Wesen ernst an. „Ihr sprecht von Tag und Nacht. Sie sind die Schwestern. Wenn der Tag zu Ende ist, beginnt die Nacht und umgekehrt. Beide wurden in der Menschenwelt, in der griechischen Mythologie, als Frauen personifiziert, und auch die Sphinx wurde in griechischen Sagen aufgeführt." Die Sphinx neigte respektvoll den Kopf: „Das stimmt. Sie sind so clever, wie man sich erzählt, Harmonia Gaisgeachd." Sie trat zu Seite und ließ uns passieren: „Ab hier werden keine Gefahren mehr auf euch warten." Wir neigten respektvoll den Kopf, ehe wir den Gang entlangrannten. Das Licht an dessen Ende ließ uns immer schneller laufen.

Wir hatten es geschafft. Die Höhle lag hinter uns und wir traten auf eine helle Lichtung. Ich warf einen Seitenblick zu meiner Schwester, die sich lachend ins Gras fallen ließ.

19. Kapitel
Jack

Unruhig lief ich vor dem großen Spiegel hin und her. Luna wollte schon vor zwanzig Minuten da sein, und langsam wurde ich ungeduldig. Erst als die spiegelnde Oberfläche Wellen schlug und dem dunklen Portal wich, blieb ich stehen. Die Vampirin, auf die ich schon so sehnsüchtig wartete, trat in den Raum. Ihre schwarzen langen Haare waren kunstvoll hochgesteckt. Ihr rot-schwarzes Spitzenkleid gehörte entweder ins viktorianische Zeitalter oder zu einem Goth Cosplay. Ihre Lippen waren blutrot und ihre Augen dunkel umrahmt. „Warum hast du mich herbestellt, Jacky?", ihre Stimme ließ mich zusammenzucken. Ich richtete mich auf und sah ihr in die Augen: „Ich will, dass du mich zum Prüfungsgelände mitnimmst. Ich will Nathan sehen."

Die Vampirin sah mich ernst an: „Jack, ich bitte dich. Wie soll das den funktionieren?" „Keine Ahnung, lass dir was einfallen!" Sie wirkte skeptisch, willigte aber ein. Und nur wenige Minuten später standen wir im Portal nach Mysteria. Luna war sichtlich nervös: „Wie willst du das überhaupt machen? Er hat doch gesagt, dass er nachdenken will." Ich ignorierte ihre Frage und trat aus dem Portal in den Wald unweit des Ratsgebäudes. Wie ich das machen wollte, wusste ich selbst nicht, doch mir würde schon etwas einfallen. Die gläserne Kuppel des Ratsgebäudes tauchte vor uns auf. Jetzt wirkten die braunen Mauersteine auf mich unüberwindbar. Luna hatte ja recht, er wollte mich nicht sehen. Aber ich wollte ihn sehen. Ich wollte wissen, wie es ihm ging und wie die Prüfung war.

Vor dem Ratsgebäude blieb Luna stehen und drehte sich zu mir um: „Ich gehe hier allein rein. Die meisten da drin wissen nicht einmal, dass du existierst." Sie hatte recht. Meine Großmutter hatte alles dafür getan, ihre Missgeburt von Enkel zu verstecken. „Also werde ich reingehen und ihm sagen, dass du draußen wartest?"

Ich nickte und setzte mich auf einen umgekippten Baumstamm.

Als Luna im Ratsgebäude verschwand, spürte ich, wie mein Herz schneller schlug. Was, wenn er mich nicht mehr sehen wollte? Ich konnte es ihm ja nicht verübeln, immerhin hatte ich ihn die ganze Zeit belogen. Je länger es dauerte, desto mulmiger wurde mir zumute. Ich hatte das Gefühl, ich stünde stundenlang nur da und starrte vor mich hin. Erst als Luna, dicht gefolgt von Nia, Luce, Tim und Nath, aus dem Gebäude trat, konnte ich aufatmen.

Nia steuerte direkt auf mich zu. Schneller, als ich denken konnte, hatte die Witch ihre Hände in meine Richtung gestreckt und ein Energieblitz schoss auf mich zu. Mit einem Hechtsprung konnte ich mich zur Seite retten. Nia funkelte mich wütend an: „Weich gefälligst nicht aus, wenn ich dich umbringen will!" Beschwichtigend hob ich die Hände: „Nia, beruhig dich bitte." Doch sie dachte nicht daran und schleuderte mir stattdessen einen erneuten Energieblitz entgegen. Luce kam direkt auf mich zu und holte aus. Ich konnte gerade noch ausweichen, als seine Faust auf mich zuflog.

„Wie kannst du es wagen, hier aufzutauchen?" Luce sah mich nicht weniger feindselig an. Er wollte zu einem zweiten Schlag ausholen, als ihn jemand am Handgelenk festhielt und zurückzog. Nathan hatte Luce fest im Griff und sah zu dem Größeren hinauf: „Wer von euch beiden als nächster die Hand gegen ihn erhebt, lernt mich kennen!" Nia und Luce starrten Nath nur verwirrt an. Nath ließ Luces Handgelenk los und kam auf mich zu. Bevor ich etwas sagen konnte, zog er mich an sich und legte seine Lippen auf meine. Aus dem Augenwinkel konnte ich sehen, wie Luce und Tim die Kinnlade runterfiel. Nath zog mich fest an sich und schlang seine Arme um meinen Nacken. Überrascht erwiderte ich den Kuss und legte meine Hände an seine Hüfte. Ich hatte ich keine Ahnung, woher diese Entscheidung kam. Hatte er mir verziehen? War er mir noch böse? Die anderen, die um uns herumstanden, sahen nicht weniger irritiert aus.

Wir lösten uns und blieben Stirn an Stirn stehen. „Wow … Damit hab ich nicht gerechnet", ich lächelte, hatte die Augen noch immer geschlossen. Nath lachte leise: „Ich lass dich nie wieder gehen. Wir schaffen das zusammen."

Ein Räuspern ließ uns auseinanderfahren. Nia stand da und warf uns einen verwirrten Blick zu: „Und was soll das jetzt heißen?" Nathan drehte sich zu seiner Schwester und seinen Freunden um. Luce und Tim standen stumm da und starrten uns völlig verwirrt an. „Ich werde Jack helfen. Wir werden seine Mutter befreien!" Nath sah in die Runde. „Ich werde euch nicht zwingen, mich zu begleiten …" Weiter kam er nicht, als Nia ihn unterbrach: „Sag mal, geht's dir noch gut?!" Sie schüttelte energisch den Kopf: „Wir stehen das gemeinsam durch! Wir sind ein Team, und das bleiben wir!" Luce und Tim, die sich mittlerweile wieder gefangen hatten, nickten zustimmend. „Egal, was hier abgeht, auf uns kannst du dich verlassen!" Tim lächelte ehrlich und Luce pflichtete ihm bei. Auch Luna reckte ihr Kinn in die Höhe und lächelte: „Ich bin auch dabei. Wird Zeit, diesen Dämon in die Hölle zu schicken!"

Ich spürte, wie Nathan neben mir erleichtert aufatmete. Nia seufzte und sah in die Runde: „Ich will euch ja nicht die Freude nehmen, aber was wollen wir tun? Wir kommen nicht in die Unterwelt." „Vielleicht doch", Luna grinste wissend. „Es gibt einen Grund, warum der Dämon unbedingt euch will." Alle Augenpaare lagen nun auf der Vampirin, die geheimnisvoll grinste. Nath rollte genervt die Augen: „Mensch Luna, jetzt spuck´s schon aus!" „Ihr beide zusammen seid in der Lage, ein Portal in die Unterwelt zu öffnen." „Und wo ist der Haken?" Nia wand sich an Luna. Die lächelte: „Na ja, da wäre noch Anubis. Er überwacht, wer rein oder raus kommt." Super, der Wächter der Unterwelt. „Und wenn die Vorsitzende der Vampire ihn ablenken würde?" Luce sah zu der Vampirin. „Das könnte sogar funktionieren." Nath nickte: „Dann steht der Plan. Luna lenkt Anubis ab, während wir uns hineinschleichen!"

Gesagt, getan. Am nächsten Morgen trafen wir uns früh in der roten Schlucht, dem Weg zur Unterwelt. Luna und ich warteten auf die anderen, während wir den Plan noch einmal durchgingen.

„Weißt du eigentlich, mit welcher Art von Dämon wir es zu tun haben?", fragte ich Luna. „Mit einem Incubus." „Ein Incubus? Was ist denn das für eine Art?" „Der Incubus ist laut der Mythologie ein Albträume verursachender Elf oder Waldgeist. Er gilt als der Stellvertreter des Teufels, der die Seelen in die Hölle zieht." Mein Blick fiel auf Nia, die mit Bogen und Köcher bewaffnet auf uns zuschritt. „Angeblich soll er sich früher mit schlafenden Frauen gepaart haben. Laut der Gerüchte der Ältesten hat Lucifer so seine Kreaturen der Finsternis erschaffen."

Wie so oft hatte ich das Gefühl, dass die Kleine ein Lexikon gefressen haben musste. Nathan, der hinter ihr lief und ein Langschwert auf dem Rücken trug, verdrehte die Augen. „Du bist echt einmalig!" Luce lächelte Nia an, die stolz die Nase in die Luft reckte. „Weißt du denn auch, wie man ihn besiegt?", warf ich einen fragenden Blick zur Junghexe. Die schüttelte den Kopf: „Leider nicht. Aber alle Dämonen haben eine Schwäche. Sie sind von den Göttern verlassene Kreaturen, verdammt dazu, ein Leben in der Unterwelt zu führen!" „Wir bekommen das schon hin, aber dafür müssen wir endlich anfangen!" Tim sah überzeugt in die Runde. Er hatte recht. Wir sollten allmählich beginnen.

Gemeinsam liefen wir durch die Schlucht. In der Ferne konnten wir bereits das große schwere Holztor erkennen. In den umliegenden Felsen waren gruselige Fratzen eingemeißelt. Luna blieb stehen und drehte sich zu uns um: „Ab hier gehe ich allein weiter. Wartet drei Minuten, dann öffnet ihr das Portal." Nia und Nathan nickten und Luna lief los. Vor dem Tor blieb sie stehen: „Ich, Luna Sanchez, bitte darum, Anubis, den Sohn des Gottes Ra, zu treffen!" Das Tor öffnete sich und Luna trat ein. Zuvor warf sie noch einen Blick in unsere Richtung. „So, die Zeit läuft ab jetzt!" Luce warf einen Blick auf die Uhr und sah uns dann an. Mein Herz überschlug sich beinah vor Aufregung. Wir würden uns in die Unterwelt begeben. Ich sah in die Runde. Tim hatte sich gegen die Felswand gelehnt, Nia saß vor ihm auf dem Boden und

Nathan stand direkt neben mir. Seine grünen Augen bohrten sich förmlich in meine Haut und ich konnte nicht mehr, als ihm ein Lächeln zu schenken. Vor einem Monat noch wollte ich ihn und seine Schwester meiner Großmutter ausliefern. Heute standen sie hier neben mir, bereit, ihr Leben für mich zu riskieren. Das musste wahrer Kämpfergeist sein. Und ich hatte nichts Besseres zu tun gehabt, als sie zu hintergehen. „Für Zweifel ist jetzt kein Platz", Tims Stimme riss mich aus meinen Gedanken. Perplex sah ich zu dem Metamorph hinüber, der seinen Blick vom Boden gelöst hatte und mich nun direkt ansah. Nia nickte zustimmend: „Tim hat recht. Wir sind jetzt hier, um dir zu helfen und den Dämonen gehörig eins auszuwischen. Was du abgezogen hast, war unterirdisch daneben, aber ich hätte für Nath nicht anders gehandelt. Jeder von uns hat einen wunden Punkt, und dieses Monster kennt eben deinen." Ihre Worte rührten mich.

Wir warteten die drei Minuten, um die Luna uns gebeten hatte. Erst als Luces Uhr piepte, erhoben wir uns wieder. „Nia, gib mir deine Hand!" Nath sah seine Schwester an, die seiner Bitte nachkam. Sie reichten sich die Hände und schlossen die Augen. „Unterwelt", sagten sie gleichzeitig und legten danach ihre Hände auf die Felswand.

Wo eben noch rotes Gestein war, entstand ein dunkler Durchgang. Luce und Tim neben mir atmeten erleichtert auf und auch mir fiel ein Stein vom Herzen. Nia sprang jubelnd auf und ab: „Es hat geklappt! Es hat geklappt!" Nath stöhnt: „Ja, aber das ist erst der halbe Weg." Da hatte er recht. Auch wenn wir jetzt einen Weg in die Unterwelt hatten, so wartete dort der schwierige Teil. Doch ich tat es für meine Mutter, die einzige Familie, die ich hatte. Jemand griff nach meiner Hand. Als ich aufsah, blickte ich in Nathans giftgrüne Augen, die mich liebevoll anfunkelten: „Wir schaffen das. Ich werde nicht von deiner Seite weichen." Ich nickte lächelnd und drückte seine Hand. Gemeinsam traten wir durch das Portal in die Unterwelt. Als die Dunkelheit verschwand, standen wir in einem langem, von fahlem Fackellicht erhellten Gang mit schweren, alten Holztüren links und rechts. Nia sah uns fragend an: „Und welche ist jetzt die, die wir nehmen müssen?" Ich zuckte mit den Schultern, und auch Nath und Luce wechselten ahnungslose Blicke. Tim lächelte schief: „Alle Türen zu öffnen ist vermutlich keine gute Idee." „Das ist vermutlich die mieseste Idee!", Lunas Stimme ließ uns herumwirbeln. Die Vampirin stand im Gang, die Arme vor der Brust verschränkt: „Spätestens das würde die Höllenhunde auf uns aufmerksam machen. Wenn sie unsere Witterung nicht schon aufgenommen haben!" Nathan neben mir zog skeptisch die Braue hoch: „Und du weißt, wo wir hinmüssen?" Die Schwarzhaarige nickte grinsend: „Jap, folgt mir." Gerne hätte ich sie gefragt, woher sie das wusste und wie sie Anubis losgeworden war, doch ich ließ es lieber.

Ein Knurren hinter uns ließ uns herumfahren. „Wenn man vom Teufel spricht!", zischte Nia, ehe sie ihren Bogen zog. Hinter uns stand der große schwarze Hund. Seine drei Köpfe sahen in unsere Richtung, sechs Paar leuchtend rote Augen starrten uns an. Nath ließ meine Hand los, um sein Langschwert vom Gürtel zu lösen. „Komm her, Wauwau!" Ein Pfeil sauste auf den Hund zu und verfehlte ihn nur knapp. Das schien ihn anzustacheln, er löste sich aus seiner Starre und schoss auf Nia los. Die rettete sich mit einem gekonnten Hechtsprung zur Seite. Luce stellte sich sofort vor Nia und streckte seine Handflächen dem Hund entgegen. Eine rote Flamme wie aus einem Flammenwerfer schoss auf den ersten Kopf zu und traf seine Nase. Jaulend wich der Hund zurück. Luna hatte sich neben mich gestellt und einen Wurfstern in Richtung Höllenhund geschleudert. Auch ich wollte nicht nur zugucken. Meine Knochen begannen zu knacken und ich nahm meine Wolfsgestalt an. Schnell rannte ich auf ihn zu und vergrub meine scharfen Zähne in seinem schwarzen Fell. Ein Jaulen kam aus seiner Kehle, während er sich drehte, um mich wieder loszuwerden. Lunas Stimme hallte durch den Gang: „Wir dürfen ihn nicht töten! Nath. Nia, habt ihr ein Tau dabei?“ Die Zwillinge sahen sich an und nickten sich kurz zu. Was hatten die beiden wieder vor? Ich ließ von dem Hund ab und rannte zu Nath. „Hier Jack“, Nath reichte mir ein Seil, das ich sofort zwischen die Zähne nahm. Während ich mit dem Ende des Seils zu Nia rannte, lenkte Luce den Höllenhund mit seinem Feuerspiel ab. Tim half ihm, indem er als Adler vor dem dritten Kopf herumflog. Nia nahm mir das Seil ab und band es an einem ihrer Pfeile fest, den sie wieder zu Nath hinüber schoss. Der nahm beide Enden und riss den Hund zu Boden. Seine drei Köpfe schlugen mit einem lauten Knall auf dem kalten Boden auf. Sie lagen nun vor unseren Füßen. Luna war sofort zu Stelle und begann, die Seile zu verknoten: „Wenn er es schafft, sich zu lösen, dann wird er Anubis Bescheid sagen. Das wäre suboptimal.“ „Wie viel Zeit haben wir, bis er wieder zu sich kommt?“, fragte Nia, die den bewusstlosen Hund betrachtete. Die Vampirin warf einen Blick auf Luces Uhr: „Vielleicht zehn Minuten. Los kommt, wir müssen uns beeilen!“

Mit zügigen Schritten lief Luna voraus durch den Gang, bis sie vor einer hölzernen Tür anhielt. „Das ist die Tür aus meinem Traum!“ Naths Stimme ließ mich aufsehen. Er starrte buchstäblich auf die Tür. Nia sah ihren Bruder verblüfft an: „Seit wann hast du den Visionen?“ Der zuckte nur mit den Schultern. Tim ging auf die Tür zu und rüttelte am Türknauf. Die Tür bewegte sich keinen Millimeter. Ich hörte Nath neben mir seufzen: „Wie in meinem Traum.“ „Das hilft uns gerade äußerst wenig!“ Tim rüttelte kräftiger am Türgriff, doch es tat sich noch immer nichts. Luna stöhnte genervt auf: „Einmal mit Profis arbeiten! Ihr seid in der Unterwelt, hier ist einiges anders!“ Alle Blicke richteten sich auf die Vampirin, die sich vor uns aufgebaut hatte. Sie genoss diesen Augenblick sichtlich. „Dämonenfeuer!“ Luce klatschte in die Hände und grinste siegessicher. „Bingo!“ Luna grinste. „Das macht das Ganze nicht einfacher. Das Dämonenfeuer ist eine hohe Kunst der Feuerkraft“, gab Nia zu bedenken. Alle Blicke sahen auf Luce. Der lächelte verlegen: „Ich habe es schon einige Male probiert, leider meistens erfolglos …" „Meistens ist nicht immer! Luce, wir probieren es zusammen", Nathan sah seinen besten Freund aufmunternd an. Luce überlegte kurz, nickte dann aber: „Einen Versuch ist es wert. Wir probieren es."

Nachdem wir einige Schritte zurückgetreten waren, bauten sich Luce und Nath auf. „Du musst tief durchatmen und die dunkelste Macht aus deinem Körper ziehen, die du in dir trägst", Luce sah Nath ernst an. Nia schluckte hörbar: „Das Dämonenfeuer gehört zur dunklen Magie …" „Aber sie ist nicht verboten!" Luna warf Nia einen mahnenden Blick zu, der sie sofort verstummen ließ. Ich sah, wie Luce und Nath ihre Augen schlossen. Plötzlich entstand ein roter Feuerwall. „Jetzt!", Luces Stimme hallte durch den Gang und ein Drache aus Feuer steuerte auf die Tür zu.

20. Kapitel
Nathan

Ich vernahm einen Knall, und als die Flammen verglommen, konnten wir das Ausmaß unserer Kräfte sehen. Die schwere Holztür, die sich nicht bewegen lassen wollte, hing schief in den Angeln. „Gut, dass es geklappt hat", Luna atmete erleichtert auf. Nia sah sie an und zog skeptisch die Braue hoch: „Was wäre denn passiert, wenn nicht?" „Es hätte einen vernichtenden Rückstoß gegeben und Anubis wäre benachrichtigt worden", sagte sie mehr beiläufig. Nath und Luce starrten Luna wütend an: „Wieso sagst du das erst jetzt?!" Die Vampirin zuckte mit den Schultern: „Dann wärt ihr zu nervös gewesen, und jetzt kommt, wir müssen weiter!" Ohne auf eine Antwort zu warten stapfte Luna los.

Ich sah zu Jack und griff wieder nach seiner Hand: „Ich weiß nicht, was uns da drin erwartet, deshalb wollte ich dir noch sagen …" Das war schwerer, als ich dachte. „Ich wollte dir nur sagen, ich liebe dich." Mir fiel ein Stein vom Herzen, als ich es ausgesprochen hatte. Jack sah mich mit weit aufgerissen Augen an. Sein Grinsen zeigte deutlich die spitzen Eckzähne: „Ich liebe dich auch!"

„Es tut mir ja sehr leid, eure Liebeserklärung zu unterbrechen, aber wir müssen weiter!" Nias Stimme holte uns zurück ins Hier und Jetzt. Ich warf Jack einen kurzen Blick zu, folgte dann aber den anderen durch die Tür. Jacks Hand ließ ich dabei nicht los.

Die Tür führte direkt in einen großen Saal. Die Decke wurde von dicken grauen Pfeilern getragen und überall standen schaurige Statuen. Tim sah sich beeindruckt um: „Sieht ja schlimmer aus als jedes Horrorkabinett!" Ich nickte zustimmend. Nia deutete auf einen Gang, der zwischen zwei Pfeilern entlangführte: „Ich spüre lebende Energie aus dieser Richtung!" „Aber nicht, dass wir dem Dämon in die Arme laufen!" Luce sah meine Schwester ernst an. Diese verdrehte die Augen: „Ein Dämon strahlt keine lebende Energie aus. Seine Aura ist eiskalt wie der Nordwind." „Wir haben jetzt keine Zeit für Schlauschwätzerei!“ Luna warf den beiden einen mahnenden Blick zu und stolzierte den Gang entlang. Wir folgten der Vampirin, die einen zügigen Schritt an den Tag legte. Die Gänge waren hell, und an den Wänden hingen Bilder im griechischen Stil. „Es wirkt mehr wie ein Palast als ein Gefängnis“, brummte Tim. Luce nickte zustimmend: „Ein gruseliger Palast.“

Vor einer Weggabelung blieben wir stehen. Luna drehte sich zu Nia um: „Wo lang jetzt?“ Meine Schwester schloss die Augen und zeigte auf den linken Gang: „Die Energie ist schwach, aber verdammt nah.“ Ich sah zu Jack, der plötzlich losrannte.

„Jack!“, ich rannte hinterher, doch ich konnte kaum Schritt halten. Wir rannten den Gang entlang, bis wir vor einer weiteren Tür ankamen. Davor standen zwei Schattengestalten. „Schattendämonen“, flüsterte Nia, als wir in sichererer Entfernung stehen blieben. Meine Schwester zog ihren Bogen und richtete ihren Pfeil auf einen der Dämonen. Mit einem stummen Blick verkündete sie mir ihren Plan. Ich nickte und zog mein Wurfmesser. Auf ein leises Zeichen warf ich mein Messer und Nia ließ ihren Pfeil los. Die beiden Geschosse trafen die Dämonen und ein gleißend helles Licht flammte auf. Schreie hallten durch den Gang und die Dämonen lösten sich auf. Jack grinste mich an: „Guter Wurf.“ Luna nickte: „Ihr beide seid ein top Team.“ Nia zuckte nur mit den Schultern und schritt auf die Tür zu: „Mein Pfeil ist hin, aber dein Wurfmesser ist noch in gutem Zustand.“ Sie reichte es mir und ich packte es sofort weg. Zusammen öffneten wir die Tür und traten in einen weiteren Saal.

Dort standen mehrere Statuen. „Die sehen aus wie versteinerte Magical.“ Luce sah die Statuen an. Tim, der nun auch den Raum betreten hatte, zog scharf die Luft ein: „Das sind Magical!“ Luna nickte: „Versteinert. Anhand der Kleidung würde ich sagen, sogar aus verschiedenen Epochen!“ Tatsächlich standen in diesem Raum mindestens zwanzig versteinerte Figuren. Es war ein schauriger Anblick. Nias Schrei erregte meine Aufmerksamkeit. Sie stand vor einer

Statue und zitterte am ganzen Körper. „Alex!“ Ich erkannte unseren tot geglaubten Bruder. Nia wirbelte zu mir herum und sah mich an: „Nath, er lebt! Ich spüre seine Energie!“ „Hier ist auch meine Mutter!“ Jack deutete auf eine junge Frau neben Alex. Vorsichtig legte ich eine Hand an Alex‘ Wange. Nia hatte recht. Auch ich konnte seine Lebensenergie spüren. Ich hätte schreien können vor Freude. Mein Bruder lebte noch. Luna stand neben mir und sah meinen Bruder liebevoll an: „Er hat sich nicht verändert.“

Doch Luces Stimme holte uns wieder zurück auf den Boden der Tatsachen: „Es ist wirklich schön, die beiden gefunden zu haben, aber sind sie noch immer versteinert.“ „Du meinst vereist“, Luna betrachtete Alex noch immer. „Sie sind vereist.“ Normalerweise war es ja Nias Aufgabe, sinnlos klugzuscheißen. Doch jetzt stand sie noch immer sprachlos vor unserem Bruder. Jack sah sich suchend im Raum um: „Da an der Wand steht etwas!“ Wir folgten seinem Blick und sahen die großen goldenen Buchstaben auf der Wand gegenüber der Tür. Luce las laut: „Sanguis cassior quam aqua est.“ „Das ist Latein und bedeutet, Blut ist dicker als Wasser.“ Tim übersetzte problemlos. Es war echt gut, ein Sprachgenie zum Freund zu haben. Nia war zwar verdammt klug, doch in Sprachen war sie alles andere als bewandert.

Luce sah fragend zu Nia. Die zuckte mit den Schultern: „Es ist ein Sprichwort, das auf die Familie anspielen soll.“ „Das hilft echt nicht weiter, Niechen!“ Ich sah meine Schwester an. „Das weiß ich selbst! Benutz doch auch mal deinen Kopf!“ Luna sah Nia an: „Ist Eis nicht auch Wasser?“ „Natürlich!“, meine Schwester schlug sich mit der flachen Hand vor den Kopf. „Eis ist nur ein anderer Aggregatzustand von H_2O!“ Ohne ihre Gedanken mit uns zu teilen, holte sie mein Wurfmesser aus meiner Hosentasche und zog es einmal über ihre Handfläche. Sie sog scharf die Luft ein und Blut tropfte zu Boden. Entgeistert riss ich ihr mein Messer aus der Hand: „Bist du denn bescheuert?!“ Meine Schwester antwortete nicht. Sie trat auf die Statue unseres Bruders zu und umfasste mit ihrer blutigen Hand seine Hand. Plötzlich wurde der Raum von gleißend hellem Licht durchflutet. Das Eis begann zu schmelzen und Leben kehrte in die Statue zurück.

Alex bewegte sich, langsam, aber er bewegte sich. Seine dunkelblonden Haare fielen ihm strähnig ins Gesicht, und seine Kleidung klebte nass am Körper. Mit seinen grünen Augen sah er auf Nia und mich hinab: „Nath, Nia! Was ist hier passiert? Was macht ihr hier? Verschwindet, solange ihr noch könnt!“ Luna trat an uns vorbei und stellte sich vor Alex: „Wir gehen nicht ohne dich und Jacks Mutter!“ Alex‘ eben noch harte Gesichtszüge wurden plötzlich weich: „Luna Sanchez? Bei den Göttern, bist du groß geworden!“ Luna lächelte verlegen: „Es sind ja auch fünf Jahre vergangen, seit wir uns das letzte Mal gesehen haben.“ „Fünf Jahre schon?“, unser Bruder sah mit weit aufgerissenen Augen in die Runde. Luna nickte. So sehr ich mich auch freute, meinen Bruder wieder zu haben, so hatte ich doch nicht vergessen, warum wir hier waren. Ich ging zu Jack, der noch immer vor der Statue seiner Mutter stand. „Hier“, ich reichte ihm mein Messer. Jack lächelte, eher er das Messer über seine Handfläche zog: „Danke, Nathan.“

Nun griff auch er wie Nia zuvor nach der Hand seiner Mutter. Ich konnte sehen, wie das Eis schmolz und die wunderschöne Dame zum Leben erwachte. Ihre lockigen Haare fielen nass über ihre Schulter, und dennoch sah sie wunderschön aus. Mir fiel auf, dass sie dieselbe Mimik und Gestik hatte wir ihr Sohn. Sie löste sich aus ihrer Starre und zog ihren Sohn an sich: „Jacklyn! Oh, mein Jacky. Ich dachte, ich würde dich nie wiedersehen!“ Jack erwiderte die Umarmung: „Ich bin so froh, dich wieder zu haben, Mum.“ Seine Mutter löste sich von ihrem Sohn und sah mich an. Ich lächelte nervös und kratzte mich am Hinterkopf. „Mum, das ist Nathan Gaisgeachd“, Jack war neben mich getreten und lächelte mich liebevoll an. Die erwachsene Vampirin grinste mich an: „Freut mich, dich kennenzulernen. Und ich danke dir, dass du meinem Sohn geholfen hast.“

Luce räusperte sich: „Es tut mir ja sehr leid, euer Wiedersehen zu unterbrechen, doch wir müssen hier raus."

Mein bester Freund hatte recht. Wir mussten schleunigst hier raus. Luna nickte: „Du hast recht. Wir müssen hier raus. Draußen können wir dann hieraus ein Portal erschaffen und Anubis das mit der Zellentür erklären, die ihr mit Dämonenfeuer zerlegt habt." Wir nickten und rannten los, den Gang entlang, den wir gekommen waren.

Wir kamen gerade im Eingangssaal an, als ein Schrei ertönte. Eine Horde von Schattendämonen hatte sich vor uns aufgebaut und versperrte den Weg. „Wohin wollen denn meine Gefangenen?" Ein Wesen, das den Elfen ähnelte, trat aus der Masse hervor. Der Elf hatte lange schwarze Haare und seine Augen waren tiefschwarz. Seine Haut war kreidebleich und dunkelviolette Adern zogen sich über den Körper. Nia schluckte hörbar: „Der Incubus." Der Dämon wand sich an Jack: „So habe ich mir das Übergeben der Zwillinge nicht vorgestellt, doch ich will nicht wählerisch sein." Jack knurrte und sah den Dämon herausfordernd an: „Die beiden bekommst du nur über meine Leiche!" Ich hörte das Knacken von Knochen und wenig später stand der schwarze Wolf neben mir. Ehe ich reagieren konnte, hatte er sich auf den Dämon gestürzt. Ein Schattendämon wollte ihn aufhalten, wurde aber von einem Pfeil getroffen. Nia hatte ihren Bogen gezückt und das Feuer eröffnet. Luce kam ihr zu Hilfe und schleuderte Feuerblitze auf die Dämonen. Tim, der seinen Degen gezogen hatte, gab ihm Rückendeckung. Ich warf mein Wurfmesser auf den Incubus. Der schleuderte Jack gegen einen der Pfeiler, und Jack sackte bewusstlos zu Boden. Mein Messer verfehlte den Inkubus knapp, traf aber einen Schattendämon.

„Jack! Meine Aufmerksamkeit galt nur noch dem Wolf. Ich rannte zu ihm und kniete mich neben ihn. „Jacklyn!", seine Mutter ließ sich neben mir auf die Knie fallen. Sie sah mich an: „Ich kümmere mich um ihn! Hilf du den anderen." Ich nickte, wenn auch widerwillig und wandte mich wieder dem Kampf zu. „Nath, denk an das, was ich dir gesagt habe! Über die Wesen der Unterwelt!" Nia schrie über das Kampfgeschrei hinweg. Alex stand plötzlich neben mir: „Nia hat recht! Ich glaube, ich weiß, was zu tun ist!" Ich wich gerade einem Schattendämon aus: „Dann spuck's schon aus!" Mein Bruder lächelte: „Weihwasser!" „Kommt nicht infrage! Das tötet zwar Dämonen. Aber es verletzt auch Vampire!"

Das wollte ich nicht, das konnte ich nicht. Luna sah mich ernst an: „Tut es, verdammt!" Mein Blick lag auf Jack, der immer noch bewusstlos neben seiner Mutter lag. Das konnte ich nicht verantworten, ich konnte nicht verschulden, dass Jack etwas passierte. Ich spürte Alex' Hand auf meiner Schulter, während er mit der anderen einen Dämon abwehrte: „Wenn wir es nicht tun, dann sterben wir hier alle! Auch Jack!" Er hatte recht und ich wusste es. „Gib mir deine Hand!" Alex sah mir tief in die Augen. Ohne zu zögern, griff ich nach seiner Hand. Mit geschlossenen Augen konzentrierte ich mich auf meine Aufgabe. Das Schreien der Dämonen und die anderen Kampfgeräusche rückten in den Hintergrund. Wir streckten unsere Hände in Richtung Decke und ließen eine Fontäne nach oben schießen. Wie Regen prasselte das heilige Wasser herunter und tat seinen Zweck.

Die Dämonen schrien und lösten sich auf. Auf der Haut des Incubus bildeten sich starke Verätzungen, während er schreiend zu Boden sank. „Wir müssen hier raus!" Lunas Stimme hallte über den Schrei hinweg. Ich nickte und rannte zu Jack, der mittlerweile wieder zu sich gekommen war. Auf seiner Haut hatten sich Brandblasen gebildet. „Oh Götter, Jack! Das habe ich nie gewollt!" „Das tut jetzt nichts zu Sache, wir müssen hier raus!" Jacks Mutter lächelte mich liebevoll an. Auch ihre Haut war von Brandblasen übersät. Ich nickte und stemmte Jack hoch. Er lächelte mich matt an: „Wir haben es geschafft, Nath!" Er legte einen Arm um meine Schulter und ließ sich stützen. Ich lächelte, als ich einen Arm um seine Taille schlang: „Ja, du hast recht, wir haben es geschafft."

Auf dem Hauptgang trafen wir direkt auf den Schakal köpfigen Göttersohn. Anubis ließ seinen anklagend von einem zum anderen schweifen „Ich wusste doch, dass es Ärger geben wird, wenn ich ein Ratsmitglied in meine Unterwelt lasse. Aber was genau ist hier passiert?“ Jacks Mutter trat vor: „Du bist mir ja ein super Wächter! Dieser Incubus sammelt da unten Magical, um sie als Statuen aufzustellen, und du bekommst nicht mit!“

Der Wächter sah schockiert zu Jacks Mutter: „Eure Majestät! Was machen Sie hier?“ „Was ich hier mache? Ich wurde entführt und gefangen gehalten!“ Anubis sah uns alle mit großen Augen an. Er war sichtlich überrascht. Jacks Mutter hatte sich vor dem Gott aufgebaut und sah ihn an. Der seufzte und sah auf uns hinab: „Ich werde etwas unternehmen. Angefangen damit.“ Er hob die Hand und richtete sie auf die schief hängende Tür. Eine dicke Backsteinwand bildete sich vor dem Durchgang, durch den wir eben getreten waren. „Der Rat wird die Unterwelt nun in regelmäßigen Abständen besuchen, um sicherzustellen, dass so etwas nicht mehr passiert!“ Luna sah Anubis ernst an. Der nickte nur höflich.

Jack trat neben mich und griff nach meiner Hand. Ich sah zu ihm und musste lächeln: „Wir haben es tatsächlich geschafft.“ Der Hybrid nickte und erwiderte mein Lächeln. „Ihr solltet jetzt gehen. Ihr könnt den Hauptweg nehmen und müsst nicht durch ein Portal.“ Anubis sah uns an und deutete auf eine große Tür am Ende des Ganges. Nia nickte und lief auf die Tür zu. Luce und Tim folgten ihr. Ich sah zu Alex, der neben Luna stand und sich mit ihr unterhielt. Richtig realisiert hatte ich das noch immer nicht. Wir hatten gerade unseren tot geglaubten Bruder wiedergefunden. Nach fünf Jahren. So viele ungeklärte Fragen schwirrten in meinem Kopf herum, doch im Moment würde ich wohl auch keine Antwort bekommen. Eine Hand auf meiner Schulter ließ mich zusammenzucken. Luce war neben mich getreten und sah mich an: „Das haben wir gut gelöst.“ Ich nickte, als ich neben ihm hinaus aus der Unterwelt trat.

Die rote Schlucht wirkte im Gegensatz zur Höhle warm und sicher. Der Himmel über uns war wolkenlos und die Sonne stand hoch. „Wir sollten gehen", Nia lächelte mich an. Ich nickte und wandte mich an Jack: „Wir sehen uns?" Jack legte seine Hand an meine Wange und strich sanft mit den Daumen darüber: „Heute Abend bin ich bei dir." Er hauchte mir noch einen Kuss auf die Lippen, ehe er seiner Mutter durch ein Portal folgte.

21. Kapitel
Nathan

Ich drückte auf den Klingelknopf der Haustür und stellte mich wieder neben Nia. Keiner von uns beiden hatte an einen Haustürschlüssel gedacht. Vermutlich, weil auch keiner von uns beiden gedacht hatte, dass wir das alle überleben würden.

Die Tür wurde geöffnet und unsere Mutter erschien im Türrahmen. Ehe ich etwas sagen konnte, stürmte sie an uns vorbei und fiel Alex um den Hals. „Du lebst. Verdammt, du lebst!" Ihre Augen waren tränenverschleiert, als sie ihren Ältesten in ihre Arme nahm. Alex lachte leise und erwiderte ihre Umarmung. Auch in seinen Augen standen Tränen: „Ich hätte nie gedacht, euch jemals wieder zu sehen."

Mum löste sich von ihm und wischte sich ihre Tränen weg: „Kommt rein. Ich glaube, ihr habt uns hier einiges zu erzählen." Sie ging aus dem Weg und ließ uns eintreten. Wir folgten ihr in die Küche, in der Dad bereits wartete. Er saß mit dem Rücken zu uns und starrte in seinen Kaffee. „Dad", Alex trat an mir vorbei und sah zu unserem Vater. Der drehte sich um und starrte uns mit weit aufgerissenen Augen an: „Alex." Er sprang auf und kam auf uns zu. Wie Mum zuvor zog auch er Alex in die Arme. „Wo warst du?" Er sah zu mir und Nia. „Wo wart ihr eigentlich?" Nia seufzte und ließ sich auf den Stuhl fallen: „Das ist eine längere Geschichte. Wir erzählen euch nachher alles in Ruhe, wenn euer zukünftiger Schwiegersohn vorbeikommt." Mum und Dad waren schockiert, und auch ich starrte sie an. Meine Schwester zuckte nur mit den Schultern: „Was? Jack meinte doch, er käme später, und ich finde, du könntest ihn Mum und Dad endlich vorstellen. Also ich meine offiziell."

Mum und Dad starrten mich noch immer an. „Wollen wir nicht erst einmal Alex' Geschichte hören?" Ich setzte mich neben meine Schwester und sah in die Runde. Alex nickte und setzte sich ebenfalls: „Ich bin euch wirklich eine Erklärung schuldig." Mein Bruder seufzte und sah uns an. Nia hatte sich an mich gelehnt und sah zu unserem ältesten Bruder. Alex begann zu erzählen: „Als meine Prüfung begann, war noch alles normal. Ich betrat die Höhle wie viele vor mir und stellte mich meiner Aufgabe." Gebannt hörten wir der Geschichte unseres Bruders zu. „Ich ging weiter in die tiefen Gänge, als ich plötzlich merkte, dass ich beobachtet wurde. Wie auf ein stilles Kommando fielen Schattendämonen über mich her. Anfangs hielt ich es für einen Teil der Prüfung, doch ich sollte mich täuschen." Alex legte eine dramatische Pause ein. Nia hatte begonnen, mit ihren Haaren zu spielen, während sie Alex zuhörte. „Sie nahmen mich gefangen und schleiften mich vor ihren Anführer." „Der Incubus!" Alex nickte. „Genau der. Er stellte mich vor die Wahl, entweder ich würde mit ihm gehen oder er würde die Zwillinge holen. Es war meine Aufgabe als großer Bruder, die Zwillinge zu beschützen. Ich wurde in die Unterwelt gebracht und sofort vereist. Der Incubus versprach mir, meine Geschwister zu verschonen."

Alex hatte seine Erzählung beendet und sah uns an. Mum starrte ihn noch immer noch an und strahlte überglücklich. Dad sah stolz zu unserem Bruder. Seine Tat war mehr als heldenhaft. Er hatte sein Wohl hinter das der anderen gestellt. Ich wollte mich freuen, wirklich, doch irgendwas stand mir im Weg. Ohne ein weiteres Wort zu meiner Familie stand ich auf und ging in den Garten. Müde ließ ich mich auf die Hollywoodschaukel sinken. Der Tag war lang. Langsam ging die Sonne unter und färbte den Himmel rötlich. Meine Gedanken fuhren Achterbahn. Was sollte ich nur von all dem halten, was gerade passierte? Ja, ich hatte meinen Bruder wiedergefunden, doch was war das eigentlich? Was war nur los mit mir?

„Hey, alles okay?" Ich spürte, wie die Schaukel sich bewegte, als Alex sich neben mich fallen ließ. Ich zuckte die Schultern, sah ihn aber nicht an: „Es ist gerade alles sehr viel ..." „Das verstehe ich zu gut. Ich habe fünf Jahre deines Lebens verpasst …" Mein Gegenüber sah in den Garten hinaus. Ich nickte: „Tut mir leid, Alex." Ich spürte eine Hand auf meiner Schulter und sah in die grünen Augen. Es war wie ein Blick in den Spiegel, als ich in seine Augen blickte. „Ich bin wieder da", Tränen standen in seinen Augen. Ich nickte und zog ihn in meine Arme: „Ja, das bist du." Auch mir stiegen Tränen in die Augen. Ich lehnte mich zurück und sah wieder in den Himmel. „Was ist das eigentlich zwischen dir und diesem Jack?" „Die beiden sind zusammen." Nia war zu uns getreten und warf sich zwischen uns auf die Hollywoodschaukel. Alex grinste schief: „So sieht's also aus. Der Vampirprinz?" Ich spürte, wie mir das Blut in die Wangen schoss. „Ha!", meine Schwester schrie auf und klatschte in die Hände. „Das ist das erste Mal seit langer Zeit, dass er rot wird!" „Nath, das ist doch nichts, wofür du dich schämen solltest."

Alex lächelte mich an. „Aber du musst mir erzählen, wie es überhaupt dazu kam." Ich nickte in der Hoffnung, dass das Gespräch nun beendet war. Wir seufzten gleichzeitig und ließen uns tiefer ins weiße Polster der Schaukel sinken. Durch das Gewicht kam die Schaukel ins Schwanken und kippte hinten über. Als die Schaukel komplett auf dem Rücken lag, brachen wir drei in schallendes Gelächter aus.

„Die Chaostruppe ist zurück!" Mum stand auf der Terrasse und sah zu uns in den Garten. „An der Tür wartet jemand auf dich, Nathan." Ich nickte und kämpfte mich aus der Schaukel hoch. Mum lächelte mich an: „Dein Vater macht gleich den Grill an. Lade sie gerne zum Essen ein." Mit einem knappen Nicken ging ich an meiner Mum vorbei zur Tür.

Jack lächelte mich an, als er unser Haus betrat. Er kam direkt auf mich zu und umarmte mich: „Hey." „Hey", ich erwiderte seine Umarmung und vergrub mein Gesicht in seiner Halsbeuge. „Ich bin echt froh, dich so glücklich zu sehen". Jacks Mutter lächelte ihren Sohn liebevoll an, während sie vor der Türschwelle stand. Ich schenkte der älteren Vampirin ein entschuldigendes Lächeln:

„Verzeihung, ich hätte es fast vergessen. Kommt doch herein." Lachend winkte sie ab, nachdem sie eingetreten war: „Ach, das macht doch nichts."

Luna trat hinter den beiden durch die Tür und folgte Jacks Mutter in die Küche. Sie warf Jack und mir noch einen kurzen Blick zu: „Wir haben im Auftrag der Vampire einiges zu klären." Jack und ich sahen ihr hinterher. „Wir sollten dabei sein." Jack lächelte und deutete in Richtung Küche. Ich grinste schief und zog ihn näher an mich heran: „Oder aber nicht." Ich wollte ihn gerade küssen, als er sich wegdrehte und mich mit in die Küche zog.

Zu meiner Überraschung saßen nicht nur meine Familie und die Vampire in der Küche, sondern auch Luce und Tim. Ich setzte mich auf meinen Stammplatz neben Nia und zog Jack neben mich. Mein Vater, der am Tischende Platz genommen hatte, räusperte sich: „Also, Alicia, was willst du hier?" Am liebsten hätte ich den Kopf auf die Tischplatte gedonnert. Der Ton meines Vaters machte unverkennbar deutlich, dass ihn die Vampire am Tisch störten. Jacks Mutter lächelte höflich: „Meine Mutter hat wohl wieder für Ärger gesorgt, Nathaniel." Ihr Blick war starr auf meinen Vater gerichtet. Dieser nickte: „Das kann man wohl sagen, Alicia." „Deshalb bin ich hier. Die Vampire werden unterschreiben und von nun an werden sie dem Rat immer treu bleiben." „Das ist sehr schön. Nathaniel, geh doch raus und mach den Grill an." Mum warf Dad einen mahnenden Blick zu. Er nickte und stand auf: „Dann hat der Frieden wohl doch noch eine Chance." Mit diesen Worten verließ Dad die Küche. Alex sprang auf und folgte ihm: „Ich helfe Paps mal am Grill." Auch Mum stand auf: „Alicia, hilfst du mir bei den Salaten?" Die nickte und eilte meiner Mutter zur Hilfe. Jack griff nach meiner Hand und zog mich hinaus in den Garten. Dort fiel sein Blick auf die umgekippte Hollywoodschaukel: „Was ist denn da passiert?" Ich schmunzelte bloß und zuckte mit den Schultern.

Wir gingen weiter zu Mums kleinem Blumengarten. Dort blieb

ich stehen und drehte mich zu ihm um: „Wie geht es jetzt weiter?" „Mum und Luna haben Großmutter gestellt. Sie ist zwar noch Königin, doch ihr wurde die Entscheidungsgewalt entzogen." „Ja, aber was ist mit uns?" Ich gab meiner Stimme so viel Kraft, wie ich konnte. Dennoch konnte ich nicht verhindern, dass Angst in ihr mitschwang. Angst vor seiner Antwort. Angst davor, dass dies hier ein Abschied war. „Mum hat mir versprochen, dass wir hierbleiben. Hier in der Menschenwelt." Jack lächelte mich an. Mir fiel ein Stein vom Herzen, als ich ihn diese Worte sagen hörte. Er blieb. Er blieb bei mir in der Menschenwelt. Jack lächelte mich an, als er seine Hände an meine Hüfte legte, und zog mich näher an sich. Ich erwiderte sein Lächeln und lehnte mich vor. Stirn an Stirn standen wir einfach nur da und genossen die Nähe des anderen. Nun war es vorbei. Keine Lügen mehr, keine Geheimnisse mehr.

„Jungs, kommt!" Nia stand vor uns und grinste über beide Ohren. „Es gibt Essen." Jack warf mir einen schelmischen Blick zu, ehe er sich verwandelte: „Wer zuerst beim Haus ist! Kommt schon, Twins!" „Ey, das ist unfair!" Gemeinsam rannten wir zum Haus zurück, wo meine Familie wartete.